ÉRASE UNA VEZ
LAURIDES

ÉRASE UNA VEZ LAURIDES

Andrea Amosson

AGRADECIMIENTOS

A Claudia Martínez Echeverría, muchas gracias por tu lectura atenta y por este nuevo prólogo. Gracias por visitar Laurides y comprender mis intenciones, por acompañarme en estas cambiantes avenidas, por compartir un pasado de Calabazas y absurdos, un pasado tan propio de Chile y a la vez tan universal.

DEDICATORIA

Para Kristof Jerry, por tu alma migratoria, por tus manitas fuertes, por tu risa musical.

Para Ignatio Enrique, por tu alma milenaria, por tus saltos de alegría, por tus ojitos verdicafé.

Índice

PRÓLOGO

Próximo Destino: Laurides

Apenas me encontré con este nuevo libro de Andrea, tuve que preguntarle si Laurides era palabra grave (porque no tenía tilde). Y aunque me respondió que sí de inmediato, ya era tarde: Laurides se instaló en mi cabeza con toda la fuerza de una esdrújula, Láurides, y así sigue resonando en mis oídos hasta hoy.

Así es este lugar: un espacio literario con identidad propia que se va construyendo relato a relato y que, sin que nos demos cuenta, se apropia de nosotros que nos vemos –de pronto– recorriendo sus calles, escuchando a sus personajes y percibiendo sus intenciones.

La seducción que ejerce sobre nosotros parte con un humor muy bien trabajado, con descripciones lúdicas y personajes graciosos. Y cuando ya estamos convencidos de que Laurides es un entorno plácido y complaciente, comienza a surgir una realidad otra, casi invisible, con las marcas sombrías de dictaduras sangrientas, de luchas de inmigrantes y también de aquello innombrable, eso que nos atormenta en lo más íntimo y que ni siquiera somos capaces de verbalizar.

Recorrer estos relatos es internarse entre los angostos pasajes de esta ciudad de letras. Hay algo mágico en Laurides, pero también algo terrible escondido tras la perfecta arquitectura de las palabras que lo sostienen. Puede advertirse en el secreto que esconden los ojos de Vespi o en el dolor que dejó a Manuela encerrada en sí misma para siempre. Hay algo de ridículo, también, en la intelectualidad vacía del hombre pequeño y, por cierto, un aire a eternidad forzada en la recolecta de San Mittre. Ahí, en el destino de ese personaje, está la clave de la primera parte de este libro de relatos: Laurides atrapa. No se dice, no es el motivo central de ninguno de los cuentos, pero ninguno de sus personajes es capaz de salir de ahí.

En cambio, el mundo que se encuentra fuera de las fronteras de Laurides permite que sus personajes deambulen. Así lo hace Pancha Montes de Oca, con toda su gracia morena, y así lo hace también el personaje de "El golfo al amanecer", aunque en este caso el viaje está tatuado en la piel a sangre, dolor y fuego. En tanto, la protagonista de "Dorotea encadenada" ni siquiera sabe dónde se encuentra: ha estado en tantos sitios, que ahora esa sala de hospital puede ser la de cualquiera, y da lo mismo, porque sus no-recuerdos inundan su mente anclándola en un no-lugar más allá de sí misma.

El cierre con Ramona nos da, precisamente, la clave de los relatos de esta segunda parte: tenemos a la "Ramona de aquí" y a la "Ramona de allá", haciendo visible esa capacidad que tienen los personajes de las afueras de Laurides de trasladarse. Y Ramona nos impulsa a sonreír, es cierto, pero ya es tarde: algo sombrío ya se instaló en nosotros… Como el acento de este sustantivo, que se desplaza de grave a esdrújulo según quien lo lea.

En suma, estamos ante una apuesta distinta de Andrea Amosson que viene ya avalada por obtener el primer lugar en **"Primer Premio de Creación y Escritura Pinar 2016"**. En ese sentido, la capacidad camaleónica de Laurides funciona como un buen espejo de la escritura de Andrea, capaz de conjugar historias, lenguajes y personajes siempre con destreza.

Y llegamos. A la vuelta de la página está

Laurides… O *Láurides*. Independientemente de cómo decidas nombrarlo, eres bienvenido.

Claudia Martínez Echeverría

Doctora en Literatura

Pontificia Universidad Católica de Chile

POR LAURIDES

NOTAS DEL EXPLORADOR DOÑA SOFÍA DE LUNA Y DE LIRIO

Laurides es una región montañosa, de ríos, de lluvia, de bosques, desierto. Y también de hielo. Limita al norte con quién sabe qué cosa y al sur, pues menos sé. A la derecha, eso sí, podemos observar un gran océano, muy bravo por lo demás. Laurides es un poblado que tiene en solsticio de verano 10 habitantes, mientras que en el de invierno, más o menos 1000. Otras veces, es una hermosa ciudad medieval de murallas, castillos y plazas públicas donde se exhiben las guillotinas que han muerto a los más ilustres dictadores, jefes de pandilla, eunucos, directoras de biblioteca y nobles que quisieron compartir sus tierras y dineros con los más pobres. En mañanas otoñales, Laurides se torna la ciudad de los poetas, escritores y

19

lectores; y es posible dar cuenta de las rencillas que ocurren en estos ámbitos. Fuera una a creer que están todos creando y no tienen tiempo de discutir. Visto lo visto, me he documentado sobre aquel tema y descubierto que, dada la lamentable situación del hueso roído, todos están medio locos.

En Laurides también habitan las más bellas mujeres: las pelirrojas, las calvas, las bizcas, las rechonchas y las de piernas peludas. Por tal razón, el gobierno de facto, dirigido por el General Calabazas, mandó a reforzar los muros y la flota de tierra firme, con tal de mantener a raya a los mercaderes que desean intercambiar damiselas para los reinos vecinos, por un par de camellos —intercambio en absoluto inequitativo, ha decretado Calabazas—; y a los mercachifles que quieren robarse a las muchachas sin pagar el apropiado impuesto.

Sobre la educación, existen dos escuelas en Laurides. La escuela de los machistas, los comerciantes, los colorados y la de los sumisos. Sólo dos. Por ello, en la puerta de entrada —que a veces está, y otras desaparece con el vapor de la camanchaca al atardecer— a usted le consultarán si es iniciado o lego. Medite usted muy bien su respuesta, ya que será de acuerdo a ella que a usted le indicarán ya sea las escaleras para subir a la cima de la comarca, o las escaleras que sólo sirven para bajar y que desembocan en el desagüe, por lo cual terminará ahogado en aquel océano que ya antes le mencionaba. De esta contestación, a la vez, se deriva si accede de manera directa a la población de Laurides, gentes espejo que se duplican o dividen, dependiendo de la humedad atmosférica del aire. Basado en este punto último, que quede en acta que Laurides posee la más exquisita fauna humana que su servidora ha tenido el placer de registrar. Los hay normalitos, los hay lunáticos, los hay obsesivos, simplones, dulces, odiosos. Y los que parece que viven en un lugar regular, así como en su casa, en su barrio, en su país. Son casi, casi, como cualquier otro villorrio. Pero casi no más.

Dicho lo dicho, es necesario apuntar que Laurides tiene un clima templado, de lloviznas moderadas e invisibles. Es decir, llueve a cántaros, pero el agua jamás nunca toca el suelo. También hay ciclones tropicales que tornan el desierto colindante en una gran piscina de lodo y es cuando se inaugura por lo alto, la estación de esquionaje sobre piedras. Los lauridenses, a su vez, aman todo tipo de deporte y recreación al aire libre, como desvestirse y dejarse retratar por los turistas. Así como las mariguanzas techadas, incluyendo aquí el gran arte de irse a las mazmorras para castigarse por pensar distinto.

Otro aspecto interesante a constatar es que, dependiendo del mes, de la hora, incluso del segundo del día, usted puede ingresar a uno u otro u otro u otro Laurides, puesto que es múltiple y todavía ésta, su servidora y experimentada exploradora, no ha logrado catalogar todo lo que tan fértil provincia produce. De tal modo puede usted caer al medio de la plaza de los estudiosos, o en el elevado pino de los ricos, o en el fantástico pantano de los pobres, o en la esquina de las chicas que lavan amorosamente la ropa de los reos. Como sea, cuando usted visite Laurides, tenga en cuenta esta capacidad camaleónica, tanto de la ciudad como de sus habitantes. Y ha de ser usted bienaventurado, a llamar a los portales en día de buena fortuna, con tal de que le amen, le adulen, le besen y lo engorden hasta el colmo para luego cocinarlo al palo.

Los siguientes relatos me fueron referidos por un par de personas de Laurides. Estas personas, cuatro en total, rememoraron viejas historias gestadas en los vientres de las ballenas. Los narradores, ocho en total, además inventaron algunas de ellas, cuando veían que yo decaía por el cansancio de oírles hablar sin parar del alba al anochecer. Las escritoras, dieciséis en total, finalizaron su narración con bailes celebratorios y competiciones de velocidad en las opulentas escaleras marmóreas de Laurides, cuyo resultado fue en su mayoría positivo: veintidós de ellas escogieron la escalera que las llevaba a la cima de la comarca y otras siete, chapotearon en el mar al otro lado del desagüe, pero presta ayuda llegó de la mano de las abuelas, que usaron sus largas trenzas como cuerdas para que las muchachas de ahí se sujetaran.

Buena suerte en sus viajes, en sus lecturas; y lleve salvavidas, no sea que por si acaso.

VESPI

Vespertina Ossandón fue concebida a las 14 horas y 43 minutos, en la última fila de asientos del cine *Praime*, entre balazos, relinchos y *cowboys* de pistolas descomunales, en la ilusión de movimiento de los 1/24 fotogramas por segundo, mientras que su madre liberaba las caderas de amarras ancestrales y juraba amor eterno, satisfaciéndose montada sobre el mástil del novio de turno.

Nueve meses después, a exactamente la misma hora de su concepción, Vespertina nacía en una fría y silenciosa sala, con la madre conteniendo todo grito, el doctor con bata verde y la abuela en la sala de espera, rosario en mano, pidiendo por el alma de la pécora y de una vez y para siempre madre soltera.

Contrario a todo pronóstico, Vespertina tuvo

una niñez feliz, nadie la llamó bastarda e incluso su madre fue pretendida por otros candidatos, la readmitieron en las primeras filas de la iglesia y Vespi —como la llamaban por cariño— llegó a ser monaguilla por insistencia de la abuela.

Sin embargo, muy pronto la madre descubrió que la niña no tenía ningún talento. Era como una caja vacía. Tampoco expresaba emociones. Nunca tenía frío ni calor, hambre ni sueño. Toda ella era una gran sonrisa, que a ratos se volvía una mueca y al parecer un pequeño dolor le asomaría, porque Vespi cerraba la boca, se pellizcaba las mejillas y muy pronto volvía a sonreír.

Luego de exámenes de pies, espalda, manos y codos, el médico determinó que Vespi vivía hacia adentro, que de su oído salían pequeños diálogos y su ojo reproducía imágenes móviles, como si una película de diminutas proporciones se estuviera llevando a cabo, día y noche, en la cabeza de la niña.

De inmediato la abuela consideró que aquello era el precio que deberían pagar por su concepción pecaminosa. La madre, en cambio, recibió la novedad con fascinación, puesto que ella era, además, cinéfila. De tal modo la madre hurgueteaba la oreja de la niña todos los días, para ver si podía distinguir algo de las pequeñas voces que se escuchaban.

Fue así como se inició esta tradicional costumbre de anotar en una libreta todo lo que se puede captar, de esas nimias e ínfimas conversaciones, como de hombres que suenan a gato castrado, y que se supone cuentan grandes historias, en especial por la tarde, a la vespertina hora en que Vespi fue engendrada.

Ha sido por tal increíble razón que la costumbre se esparció desde Laurides a todas las islas del Caribe, siendo ahora concebidas las hijas en los cines, a horcajadas, entre las explosiones del rotativo comercial y las lágrimas azules del movimiento de realizadores eurásicos. Las hijas ahora vienen al mundo con una existencia propia que no obedece a reglas externas y todo ha sido gracias a la valentía de la madre de Vespi, que se atrevió a romperse los calzones en el clímax del Bueno, el Malo y el Feo.

De tal modo —y dicen que esto comenzó como una pequeña llama que de pronto se agigantó hasta incendiar las palmeras del continente—, ahora las madres llevan registro de las maravillas que las hijas portan en su interior. Y a la vez incentivan a estas hijas, en su debido momento, a elegir juiciosamente y luego entregarse al más delicioso conocimiento de su propio cuerpo y del ajeno.

Para dar más realce a la proeza, hace poco han erigido un monolito para celebrar la existencia de Vespi, que no era vana sino plena; y de su madre, que en su versión de bronce, la protege con mirada maternal y, desde entonces, ha sido declarada patrona mundial de las caderas.

LA ESCRIBANA

Tania tenía un nombre coqueto, una buena chapa para esconder aquel cuerpo voluminoso que se había granjeado a fuerza de comer dos milanesas diarias. No era argentina, pero alguna vez, en algún pasillo de su casa, había oído que su abuela había nacido allende los Andes, que tuvo el cabello acaramelado como la miel fresca y un par de ojos verdes que el abuelo no había podido resistir. Por eso Tania se preparaba las milanesas una vez por semana, los días domingo para ser exactos, después de asistir a su reunión de crochet y punto cruz. Cierto, porque tal vez su más grande extravagancia era hacerse pasar por argentina, aunque fuese en el secreto de sus sartenes.

Tampoco le contaba a nadie que amaba a Ricarte, el reportero alguna vez vigoroso que había llegado una década atrás para trabajar en el diario, por desgracia analfabeto, pero de memoria tan prodigiosa que era capaz de reportear la información e irla redactando en su cabeza de camino a la oficina para reunirse con Tania, quién hacía las veces de escribana copiando en la máquina todo lo que Ricarte le dictaba.

La juventud de Ricarte se había ido apagando con decoro, aunque no para Tania, quien al verlo aparecer cada mañana, sin importar que fuese diez años más tarde, ignoraba que arrastraba los pies, como si llevara consigo el peso de todas las noticias que había guardado en su talentosa cabeza. Le parecía que fue ayer cuando lo vio presentarse en la redacción, los brazos atléticos y blancos, la camisa a medio abotonar, un puñado de vellos ensortijados escapándose del pecho. Ricarte, en sus cuarenta, fue un hombre ágil que nada tuvo que envidiar a los jovencitos de la ciudad. Tania lo había visto crecer en altura moral, al verlo soportar en silencio los insultos que sus tres compañeros le prodigaban, porque juraban que venía a quitarles el puesto, así tan recomendado había llegado de la capital, hasta el respeto que se había ganado por cosechar más de doscientas noticias de primera plana. Ricarte había golpeado periodísticamente a la competencia, con sus informaciones de último minuto, veraces y precisas, ante la devoción de Tania, que ni cuenta se dio de cuando Ricarte empezó a echar barriga, los pelos del pecho se enlaciaron y blanquecieron hasta desaparecer por completo, trasladándose esta mata breve pero rebelde al nacimiento de las orejas.

Tania, por el contrario, parecía conservada en formalina, como si hubiese nacido vieja y redondeada. Era la hija única de doña Dominga, la famosa dueña de una verdulería que podía ofrecer limones de pica en toda temporada y que había heredado de su madre argentina un ojo verde, uno solo, mientras que el otro era café oscuro. Por años doña Dominga intentó ocultarse los irises diferentes detrás de sus lechugas escarolas y por años Tania deseó tener algo tan espectacular como un par de ojos llamativos. Sin embargo, como ya hemos dicho, lo único llamativo que Tania poseía era su nombre, que oyó que el padre lo había oído, a su vez, en el gran circo Romanini que paró en la ciudad antes de que ella naciera, una parada de urgencia porque el barco, cuyo destino original era Valparaíso, se había descompuesto y tuvieron que atracar en las costas lauridenses. Las calles de la ciudad se tornaron un eterno carnaval, según contaban los viejos reporteros del diario, con tragasables, zanquistas y malabaristas recorriendo la avenida principal por puro y llano aburrimiento, intentando matar el tiempo. Luego de varios ruegos del alcalde, el cirquero mayor aceptó desembarcar la carpa y dar una función. Dicen que se descolgó la más gloriosa comitiva de seres que la ciudad dormida hubiera presenciado: una jirafa, un león famélico, un par de guacamayas de colores tan vivos, tan rojos, calipsos y turquesas que dolía mirarles, más algunos artistas del Perú, Ecuador, Colombia, y la gran atracción: los glamorosos Hermanos Ilinov.

Desde la primera función, a carpa llena, el padre de Tania se prendó de Tanya Ilinova, la hermana menor de los trapecistas, la que se encaramaba por las espaldas de Mirko para subirse al columpio en pleno vuelo; la que era lanzada entre los brazos de Branko y Jelko como si fuera un testimonio; la que aparecía en el desfile de cierre vistiendo una cortísima falda y un peto de un color bastante parecido al rosa, pero tan agudo y encendido que nadie podía nombrarlo porque nunca antes se había visto un tono así en Laurides. Las jornadas transcurrieron con un hombre infatuado haciéndole guardia a la bella Tanya Ilinova en el puerto, un hombre embobado que no pudo conquistar a la muchacha, pero que sí la convenció de llevársela a casa, ofrecerle la atención personalizada de su mujer, una cama anclada al suelo, con ventana y puerta y no el camarote que debía compartir con sus hermanos en el vientre grasiento del buque. Tanya Ilinova aceptó la oferta y fueron Mirko, Branko y Jelko quienes la escoltaron, no sin antes inspeccionar la casa, el dormitorio y asegurarse de que sí existía la esposa que cuidaría el precario honor de la artista circense. Doña Dominga aceptó el idilio como se solía aceptar la voluntad del marido en aquella época, sin chistar. No obstante, el importuno romance vino a opacar la gran novedad de que ella estaba embarazada, por fin, luego de más de doce años de matrimonio y sería por eso que Tania nació envejecida.

El gran cirquero continuó ofreciendo funciones

nocturnas, más tuvo que suspender cuando apenas aparecieron cuatro pelagatos en la carpa, siendo el padre de Tania uno de ellos. El caso se agravaba cuando éste se retiraba raudo en cuanto culminaba el acto de los Ilinov.

Y así también, muy pronto, Tanya Ilinova se hastió del roquerío que tenía que atravesar para ir al baño, en el fondo de la casa, del olor a caca que procedía de las guaneras vecinas que aromatizaban la mañana lauridense como una nube de pájaros putrefactos, de la funciones nocturnas con un público que no pagaba y tampoco aplaudía, excepto por uno y ya sabemos quién era, como si a Tanya Ilinova el aire del mar le empezara a cerrar la garganta poco a poco, dejando como única solución respirar los vapores enmaderados del bosque bielorruso. Una mañana de día lunes, entonces, exhausta por la hediondez del guano, se levantó decidida, empacó todas las pilchas, cogió su baúl con ruedas, cruzó las cinco calles que separaban la casa del puerto, ante las miradas curiosas, celosas y divertidas de los lauridenses y arrastró su carga de vuelta al buque. Un par de semanas después, los Ilinov se marcharon en otro gran barco con destino a Guayaquil, dejando al padre de Tania con el corazón partido, pero más que eso, con los sueños incumplidos de acariciar ese cuerpo elástico y fibroso, esos senos puntiagudos, esas piernas larguísimas, tan largas como el deseo mismo.

Doña Dominga entonces abrió el dormitorio que la bella usurpadora había ocupado por tres semanas, quemó las sábanas, las cortinas, la frazada, desinfectó con lejía el piso y las paredes con tal ahínco que le sangraron los dedos y se dispuso a preparar un cuartito para el futuro retoño, que nacería en dos meses más y que hasta ese momento no tenía espacio en la casa que era todo pasillos, nada de habitaciones. El marido había destinado aquel espacio, hasta el incidente del circo, a un taller de carpintería, pero luego de la movida errónea de otorgárselo a la amante platónica, no tuvo más remedio que dejarlo a libre disposición de su mujer. El hecho de la limpiada conllevó pelea, pues el marido ya no podía entrar a oler la fragancia de jazmines sudados que Tanya Ilinova había dejado en el cuarto y por eso, ante la inminencia de perderlo todo, le demandó a doña

Dominga que la niña que iba a dar a luz se llamase Tania. Doña Dominga no chistó, como era lo propio, pero rogó a corazón colmado dar a luz un varón, con tal de llamarle Tanio y estigmatizarlo para siempre. Pasó largas noches imaginando las humillaciones que Tanio sufriría por la historia de su nombre y a no ser por las venganzas que doña Dominga imaginó, en un acto grotesco contra su propia sangre, no hubiera soportado la humillación que el marido la había hecho pasar. Si la mujer no se rebeló en público, tenga por seguro que en sus tripas se debatía un vendaval. Ojalá y Tanio viniera al mundo con los ojos cambiados también, pensaba antes de dormir, como si la palabra se volviese acción. Así pasaron los meses, el circo levantó carpa y el buque zarpó. Entonces nació Tania, que era casi invisible y tenía los ojos cafés.

II

Y con esa mirada de desierto, Tania amó en silencio a Ricarte. Por una década, lo vio ir y venir entre la sala de redacción y su oficina, donde ella con dedicación recortaba las fotografías publicadas en el diario de ese día, para aunarlas con la original, poner ambos documentos en un sobre blanco, escribir con lapicero azul el titular de la noticia, el sujeto retratado y la fecha, para después darle una ubicación en los ficheros que la rodeaban. Una gran sala de ficheros de techo a piso y de pared a pared. Así había sido su existir, de milanesas diarias, dictados y archivadores. Una gran existencia, reflexionaba Tania, considerando que doña Dominga, desilusionada por haber dado a luz una niña, no le había prestado mucha atención y, en resumidas cuentas, había sido el padre quien le había enseñado a leer, a escribir, a sumar y restar, para finalmente acompañarla al diario a pedir el trabajo que doña Panchita había dejado disponible de manera abrupta, tras un fulminante ataque al corazón.

Y cuando Tania cumplió la treintena, es decir,

cuando su soltería quedó sellada, se fue al banco y retiró todos sus dineros para arrendar un departamentito, con el fin de poder salir de la vigilancia constante de la madre. "Todo va bien", pensaba ella, puesto que nos acostumbramos a nuestras rutinas y falencias, hasta la mañana del domingo recién pasado, cuando se peinaba su lisa cabellera frente al espejo y se descubrió una peca verde en el iris derecho. La visión la espantó: ella estaba ya acostumbrada a su invisibilidad, porqué de pronto la asaltaba un algo tan distintivo. Qué terror sintió esa mañana de domingo al verse aquella peca. ¿Cómo cambiaría su vida esa manchita oceánica que rumoreaba debajo de la pupila? ¿Seguiría creciendo? Lo mejor sería no pensar en esto, decidió. Sin embargo, el día lunes la peca había crecido. Al martes tenía la forma de una lágrima que le ocupaba la parte inferior del iris y al miércoles, todo el ojo estaba consumido por ese mar verdoso que le azotaba la costa de las pestañas. Sintió pánico, no podía salir de casa luciendo la aberración que ahora sí que era evidente. Revisó sus cajones en búsqueda de unos anteojos oscuros, pero no poseía ese tipo de lujos, apenas unas copias antiguas de la revista Ecran que se robaba del diario. Tuvo la buena idea de tejerse a crochet un parche de pirata, con una muestra de lana que había llegado a la tienda hacía unas semanas, de un color parecido al rosa, pero mucho más intenso, un color que nunca nadie había visto y nadie supo nombrar.

Con el ojo parchado salió de su departamentito con destino al hospital, a la prolongada espera para recibir atención médica. Mientras aguardaba, no podía creer que hubiese tenido el coraje de aparecerse por el diario los dos días anteriores, jornadas en que se mantuvo en su oficina, con nerviosismo, rodeada de diarios y de goma de pegar. Las fotografías de las ediciones anteriores se acumularon en su escritorio, ella sin levantar la vista y cuando los tres reporteros viejos vinieron a pedir el retrato del alcalde, del cantante, del futbolista, ella les indicó el fichero con el dedo, pretendiendo estar muy ocupada catalogando imágenes, en vez de levantarse de su silla, como solía hacer, presurosa y diligente, liviana como quien no come milanesas, para atender a sus peticiones. Lo más difícil de aquellos días fue la entrada de Ricarte en la oficina, con sus informaciones rebosantes en la cabeza, quien apenas ingresaba se ponía a redactar en voz alta, ni siquiera un "buenos días, ¿empecemos?". Ricarte se había acostumbrado a dictarle como si fuera ella una máquina y no una mujer de nombre bonito y cuerpo voluminoso capaz de amarle como ella le amaba en noches de luna nueva, cadereando con su recuerdo sobre la almohada, sudorosa y jadeante.

Así vino y se fue Ricarte el día lunes y así también vino y se fue el día martes, mientras que Tania era consumida por el pavor que le provocaba la peca en el ojo.

En eso pensaba también, en la eterna cola del hospital, en qué sería aquello que de pronto la asaltaba y la distinguía, la hacía diferente. Y recordaba los tres mil doscientos días que Ricarte la había ignorado justamente porque ella era muy normal. Revivía esa primera mañana en que Ricarte apareció por el diario pidiendo trabajo y lo mandaron a su oficina, donde estaba la única máquina tipográfica que sobraba y donde él le confesó que no sabía leer ni escribir, pero que con su ayuda podría salir del paso y llegar a la cima, tal y como había hecho en el gran diario de la capital, porque él, explicó, tenía memoria daguerrotípica. Ése fue el inicio de aquella relación que nunca pasó de ser profesional y que al poco tiempo dejó de ser relación del todo: ella no era más que una funcional Remington 520.

Y cómo, con esa memoria tan fenomenal, él no había notado que a Tania le crecía una mancha en el ojo derecho. Cómo, por una década, nunca le había dado las gracias. Cómo, por una década, había entrado y salido de su sala de archivos como si ella no existiera, porque, ¡horror!, él metía sus manos hermosas y hábiles en los cajones por sí mismo, prescindiendo de su ayuda y cuántas veces había fantaseado con esas mismas suaves manos recorriéndola como si fuera ella toda una fotografía, pero lo único que había recibido era un dictado monótono, saliendo de una boca carnosa, jugosa, deseada y de una vista perdida en el techo de la oficina.

El horror por la mancha de pronto le hería las entrañas, de pronto se le volvía fuego, de pronto le ardía en la entrepierna, el horror por la mancha la consumió con voracidad, volviéndola toda verde, toda océano, toda rabia. Fue así, mientras Tania esperaba ya por dos horas a que la atendieran en el hospital, que decidió deshacerse de Ricarte. Aunque el método no estaba claro, la resolución estaba tomada.

III

El doctor Ponce la recibió con su sonrisa habitual y el listado de novedades que Tania ya había oído antes, porque más de alguna vez el doctor Ponce había sido entrevistado por Ricarte para conocer el estado del hospital regional. El buen doctor, de esos que ya no se ven en demasía, atendía a todos por igual, sin importar si pudieran pagarle o no. Por tan noble proceder, era de los lauridenses más estimados, mientras que sus modalidades de cobranza no se discutían en público, porque eran de sumo privadas. Aun así se rumoreaba que dormía con Luchita, la prostituta del puerto, quién en consecuencia saldaba sus deudas de salud.

—¿Qué te trae por aquí, Tania?, ¿qué te pasó en el ojo? —le dijo con alegría. La última paciente había sido, por coincidencia, Luchita y el doctor Ponce conservaba del encuentro un peculiar bigote de sudor sobre el labio.

—Doctor…vea usted… —dijo Tania, acercándose al matasanos y retirándose el parche del ojo.

—¡Ya te ocurrió! —contestó el doctor, como si ya supiera de qué se trataba el entuerto.

—¿Qué es esto?

—Es una falla, Tania, te han bajado los taninos, tendrás que beber más vino.

—Pero yo no bebo, doctor…

—¿Ya te casaste?

—Claro que no, ya no queda nadie libre…

—Pues a beber, entonces, es la única solución.

Tania dejó la oficina del doctor pensando que aquella no podía ser la única solución. ¿Beber vino?, ¿casarse? Se reacomodó el parche de pirata y se echó a andar por la gran cuesta que conectaba el hospital con el centro de la ciudad, calle que le pareció tan larga, tan calurosa, tan solitaria. Era la hora de la siesta, así que aprovechó el silencio para tomar algunas decisiones. En primer lugar, necesitaría hablar con la madre, romper esa barrera que doña Dominga había empezado a construir desde el preciso momento en que el nombre de Tania le fuera impuesto por su marido, barrera que Tania había ido reforzando con las escasas palabras que intercambiaban cuando visitaba a sus padres. También pensó que debía terminar con ese amor vacío y estúpido que sentía por Ricarte, un amor que jamás sería correspondido y que si era por el placer, muy bien le bastaban sus propias manos. Reflexionó que Ricarte jamás podría encontrar y menos acariciar como se debía, la alverjita que se ponía caliente y palpitaba bajo sus yemas, la alverjita que la hacía olvidarse hasta del nombre de Ricarte en el momento de máximo goce. Cierto, porque los hombres eran atolondrados en las artes amatorias, reflexionó, que por eso su madre nunca echó ni un suspiro cuando su padre se le montaba encima, en los encuentros nocturnos que la despertaban por el chirrido del catre y que ella presenciaba a través de las rendijas mal selladas de su habitación. El padre terminaba con un bufido y la madre con una lágrima. Y ahora que ella vivía sola en su departamentito, había podido darle rienda suelta a la exploración, la noche era una fiesta de grititos, quejidos y resoplidos… ¿Para qué le servía Ricarte?

Se fue primero a su casa para conversar con la madre, para romper el silencio, para preguntarle de una vez cómo le había hecho para vivir con esos ojos bicolores. La verdulería estaba abierta, no cerraban nunca. Entró al despacho.

—¿¡Aló!?

—Ya voy… —se oyó la voz de doña Dominga provenir desde uno de los pasillos de esa casa que tenía tan pocas habitaciones.

—¿¡Tania!?, ¿qué te pasó en el ojo? —preguntó la madre, con verdadera preocupación, al ver a la hija aparecer como un pirata.

Tania guardó silencio, se llevó las manos al parche y se lo quitó.

—¿Cuándo empezó?

—Hace tres días.

—¿Y el otro? —consultó, acercándose al rostro de su hija.

—Sigue igual, café.

—Pues entonces ya no va a cambiar… —contestó la madre con propiedad.

—Fui al doctor… dice que beba vino, que me faltan taninos…

—Taninos… pero no, no es cierto. No bebas

nada… Cuando empieza, ya no se puede revertir. A mí me pasó igual.

—¿Pero cómo? ¿No que habías nacido así?

—No, me ocurrió a los treinta y tres, poco antes de quedarme embarazada de ti… Antes tenía los ojos café.

—¿Y la historia de la abuela argentina?

—Es mentira, la inventé… por vergüenza.

—¿Vergüenza de qué?

—No sé, de ser diferente, supongo.

Tania se acomodó el parche otra vez y se encaminó a la puerta.

—¿Qué vas a hacer? —le preguntó la madre.

—Tampoco lo sé —respondió Tania y después de una larga pausa, se removió el parche, lo guardó en el bolsillo; y, alejándose del mesón, salió para no volver.

IV

Las calles ya empezaban a poblarse, los lauridenses despertaban de sus siestas obligadas y Tania se fue encontrando con personas que intentaban no mirarla de frente, que de soslayo comentaban lo del ojo. A la salida de una escuela los niños armaron una ronda alrededor suyo y le cantaron "qué llueva, qué llueva, la vieja está en la cueva" … aunque ella no era vieja y no podía hacer llover. Llegó a su departamento sólo para encontrarse en el descanso a Pego, el fotógrafo del diario, quien había sido enviado por el director a preguntar qué le había pasado, que dónde estaba, que quién iba a ayudar a Ricarte a escribir la gran noticia del día. Ella le mandó un recado al director, diciéndole que había ido al hospital, que le habían dado la tarde libre, que alguien más debía ayudar a Ricarte.

Pego se fue rezongando que el director era muy malhumorado y que de seguro le iba a gritar, cosa cierta. Sólo hemos conocido un director de diario bondadoso, pero pronto perdió su trabajo porque lo tacharon de marica en época de militares.

Tania se fue a la cocina y pensó en aprovechar el tiempo preparando milanesas. Qué importaba que no tuviera abuela ni sangre argentina, amaba el sabor del queso, el jamón y la carne mezclados.

Cuando partía el quinto huevo, escuchó que alguien golpeaba su puerta. "¡Qué querrá Pego otra vez!", refunfuñó. Al abrir, vio que era Ricarte, que venía con la máquina de escribir bajo el brazo. Estaba sonriente, animado y con actitud juvenil.

—¿Qué pasó, Tanita? ¿Por qué no fuiste? Sabes que no puedo vivir sin ti…

Tania le miraba con incredulidad, el bol de huevos entre las manos, el ojo verde a la vista y la paciencia de Ricarte.

—¿Qué quieres? —le respondió tajante, franqueándole el paso.

—Qué voy a querer, tontita, que me ayudes, claro está… Tengo una primicia, tiene que ver con el doctor Ponce, el hospital… Descubrí un escándalo, el hombre recibe todo tipo de pagos, hasta se acuesta con Luchita, ¿la conoces?, la prostituta vieja, hasta los dientes postizos se le caen a la pobre vieja. ¿Me ayudas?

La escribana lo miró fijamente.

—¿Qué me miras con tanta insistencia? —le dijo éste, ajeno a los ojos diferentes.

—Nada, entra, vamos a trabajar.

Ingresaron a la salita. Ricarte se sentó en la mesa, instaló la máquina de escribir con parsimonia, le puso papel, movió la silla y con ademanes teatrales, la limpió con su pañuelo.

—Todo está dispuesto, mi reina —dijo, indicándole la silla.

Tania fue a dejar la mezcla de huevos a la cocina y a lavarse las manos. De regreso notó que el escenario que Ricarte había producido en su casa era una exacta réplica de su oficina, nada más faltaban los archivadores de techo a piso y de pared a pared.

Se sentó, entonces, la Tania de nombre bello y cuerpo voluminoso y empezó a escribir lo que Ricarte le dictaba. Así fue que el reportero desgranó la noticia, lanzó acusaciones, habló de la moral y de las buenas costumbres y de cómo ciertas, ciertas cosas, jamás se podían transgredir.

Tania comprendió que el notición sería el fin del buen doctor, de las atenciones gratuitas, de una vida dedicada a un pueblo olor a mierda de pájaros y a sus gentes, tan duras, tan aguerridas, tan pobres.

—Listo —le dijo Tania, con tristeza.

—¡Grande, reinita! Con ésta sí que me dan un aumento —comentó Ricarte metiéndose la mano en el bolsillo del pantalón.

—¡Pero apúrate!, que ya entró el turno de noche, a ver si te dejan incluir la noticia a última hora.

—¡Cierto!, la hora que es… Pero es el turno de Romero, sabes que se cae a la botella, de seguro está hecho un escabeche frente a la prensa.

—¿Romero? —preguntó Tania, mordiéndose un poco el labio.

—Sí, Romero…

—Te a va resultar, sí que te va a resultar, ¡apúrate!, ¡apúrate!

Tania lo despidió en la puerta de su departamentito. Lo vio alejarse, le miró la espalda y por primera vez la notó caída. Donde antes hubo hombros

51

rectos, ahora había una débil redondez. Los glúteos, férreos y portentosos hace una década, no eran más que dos alfajores aplanados que no llenaban la tela del pantalón. Las piernas se le habían arqueado y enflaquecido, se le asomaba una pelada de monje en el centro de la nuca, pero lo peor de todo eran esos pelos hirsutos que salían de las orejas.

—Adiós, Ricarte —murmuró, cerrando la puerta.

Se fue al dormitorio. De debajo de la almohada sacó una fotografía del que había sido su amor por años, un rectángulo en blanco y negro que lo retrataba recibiendo el último premio periodístico que se había ganado. Escribió en la parte trasera "Ricarte Obregón", puso la fecha, la hora y el título: amor contrariado. De vuelta en la salita buscó en su cartera uno de los sobres blancos y allí metió la fotografía. Dio un par de vueltas por el departamentito, buscando, y ante no encontrar mueble archivador y por no haber mejor opción, metió el sobre en el horno junto a las milanesas.

Se acostó incómoda ese día; pero decidida a prescindir de Ricarte, buscó una de las revistas Ecran, hojeó hasta encontrar los brazos atléticos y blancos, la camisa a medio abotonar, un puñado de vellos ensortijados escapándose del pecho de Marlon Brando, y se dejó amar por esos brazos que culminaban en sus yemas y que sabían exactamente cómo acariciarla.

A la mañana siguiente, y ya sin parche en el ojo, salió a la calle para ver cómo era el mundo bicolor y comprobó que era hermoso.

En la esquina de los diarios, el quiosquero amigo la saludó con curiosidad tal vez por sus irises, pero luego con naturalidad. Otra cosa parecía preocuparle.

—Tanita, ¿cómo le va?... Tremendo cagazo que se mandó el Ricarte, ¿ah? ¿Ya supo que lo echaron? Y parece que le van a levantar cargos…

—¡No!, ¡pobre Ricarte!, ¿qué pasó? —respondió Tania sin esperar respuesta, porque ya lo sabía.

Cogió uno de los ejemplares, lo dobló y se lo metió debajo de la axila. Y se fue alejando con paso suave y rítmico, con el titular todavía bailándole en la retina verde, el titular glorioso que ella había escrito, la noticia que ella había tergiversado ante la vista ignorante de Ricarte y publicado ante la borrachera del encargado nocturno de prensa, el gran golpe periodístico destacado en la primera plana de la edición principal, exculpando al doctor y apuntando la inquisición hacia sí mismo, acusándose Ricarte de extorsión, de tráfico de influencias y de mentecato, arrastrando al director en la marejada de imputaciones.

El artículo, en primera plana, estaba firmado por su autor: el reportero estrella de la ciudad.

HABLANTINA

El aragonés apareció una tarde en que mi hermana y yo nos moríamos de aburrimiento. Se paró frente a nosotras en la plaza de Laurides, donde eludíamos el calor primaveral, el único lugar donde los árboles tenían sed y nos ofreció contarnos una de *cowboys*, a cambio de un plato de comida.

El hombre era tan entretenido que rápido se corrió la voz y los niños del pueblo vinieron a escuchar los relatos de este aragonés de ojos verdes y cuerpo alargado. Lo mejor era oírle reproducir los sonidos de las balas y el grito de los indios y cómo imitaba el acento americano, que dijo haber aprendido en un largo viaje por el continente joven.

A los pocos meses mi hermana y el aragonés se enamoraron, pero ella se enamoraba de todo el mundo, así es que no fue novedad.

Todo iba bien con el romance, esta vez, para gran admiración mía; pero de pronto el español debía partir por ser prófugo de la ley, así nos confesó avergonzado.

Mi hermana todavía lloraba cuando llegaron los niños, a la mañana del domingo, exigiendo una historia. Protestaron ante la ausencia del aragonés y no supimos qué decirles. Se había convertido en el héroe infantil y ante el recuerdo de la partida, mi hermana se mandó a llorar de nuevo. Yo, sin saber bien qué hacer, les inventé que la Corona reclamaba al aragonés para nombrarle Caballero de la Palabra y agregué todo tipo de detalles al invento.

Los niños me escucharon maravillados y luego hicieron un pequeño concilio de cabecitas, en que decidieron que yo era mucho mejor cuenta cuentos que él. Desde entonces me nombraron la Hablantina oficial de Laurides y nos reunimos cada domingo para continuar con las aventuras del español flaco en la madre patria. Mi hermana ya se repuso, sale ahora con el carnicero.

LA SAGA DEL HOMBRE PEQUEÑO

Había una vez un hombrecito muy pequeño, de pretensiones muy grandes. Era de tez blanca, en un país de morenos y con eso, pensaba él, se había ganado el cielo, o al menos alguna estrella especial que le premiaría por tamaña proeza. Porque este hombrecito pequeño pensaba que todo lo podía controlar, incluso la pigmentación de su piel. Así vivía el hombrecito, haciendo planes grandiosos en los que iba a triunfar siempre y cuando aplicara él su vasta y noble inteligencia. Pensaba, además, que él era guapo a más no poder, por lo que podría elegir a la fémina que él desease como compañera.

Con tales elevadas metas, se dedicó, entonces, a catalogar. Eligió una muchacha de veintidós años para divertirse; no podía ser mayor porque ya había escrito el primer tratado sobre el cuerpo de la mujer y anotado que los senos perdían la turgencia en un grado, conforme pasaban los meses. A esta muchacha no la llamó "concubina" porque aquello era sólo para los señores Samurái y los señores Samurái se suicidaban por tonterías como el honor. Decidió entonces llamarla Dulcinea.

Pasó luego a catalogar a su compañera ideal; para ello, se tomó dos largos años en los cuales estuvo escribiendo seis libros al mismo tiempo: dos de cuentos, un ensayo, un guion para teatro de pulgas, una novela histórica que relataba la epopeya del testículo y, como broche de oro, un compendio de citas textuales, frases célebres y brillanteces que él producía a la hora de obrar.

Sí que se esmeró en describir a su par intelectual. "La compañera ideal —redactó— tendrá que ser de un metro y sesenta y cinco centímetros ('si es inglesa y se mide en pulgadas, no podrá ser evaluada puesto que las artes de las matemáticas me alejarán de las grandes artes literarias', anotó al pie de la página); tendrá una cintura de entre sesenta y ochenta centímetros de ancho, las caderas de cien y el busto de ciento veinte. La circunferencia de la cabeza será de 60 centímetros, cinco menos que la mía, con tal de asegurar un tamaño menor del cerebro, pero cinco centímetros más grande que el cerebro de Dulcinea. Letrada, que use lentes para leer, que sepa elegir muebles caros y teteras especiales para tés de la India y de Ceilán. Miope, para que no vea mis pequeños defectos, pero sí se recreen en su retina, mis más grandes virtudes. Ha de seguirme con fe ciega en todas mis empresas y nunca cuestionarme". A continuación del punto final, escribió que esta mujer se llamaría Antonieta.

El hombrecito muy pequeño leyó sus escritos sobre estas dos primeras féminas en su recién inaugurado catálogo y pensó que tal obra sería un éxito de ventas entre los Lores que frecuentaban la misma botillería que él, en la esquina de su mansión. Pero entendió, a la vez, que también necesitaba perpetuar su estirpe, del mismo modo que Buendía había hecho lo suyo, produciendo sinnúmero de Aurelianos en el curso de su vida. Arrobado por tales conclusiones, revisó sus notas y se sintió profundamente satisfecho con Dulcinea y Antonieta; por ello redirigió sus esfuerzos a localizar el vientre fecundo, el campo de flores, la hierbabuena que cobijaría su maravillosa simiente.

No sería tarea fácil, comprendió después de semanas de meditaciones, porque Dulcinea, con sus caderas ávidas, lo mantendría seco y al borde del síncope (el pequeño hombrecito ya rondaba los cuarenta y cinco años); mientras que Antonieta lo mantendría en constante vilo con sus discusiones, análisis y lecturas del Doctor Fausto.

¿En qué momento tendría él el espacio, la energía, el combustible, para producir la semilla inmortal? ¿Y qué pasaría cuando naciera el primer retoño, y luego el segundo, y el tercero, y el...? De pronto, el hombrecito muy pequeño se figuró una mansión atestada de cabecitas curiosas, de manecitas cogiendo todos sus hermosos objetos, tocando sus cuadros traídos con tanto desprecio y soberbia desde el Ecuador. De pronto se figuró rodeado de boquitas haciéndole infinidad de preguntas, porque, claro estaba, sus retoños saldrían a él, todos cultos, de tez blanca, favorecidos por la misma tenaz estrella que les permitiría triunfar en lo que se propusieran. Un temblor le atravesó el cuerpo, ese pequeño cuerpo de hombrecito, cuando imaginó que, en vez de dejar un gran legado para la humanidad, lo que en realidad estaría ocurriendo era que él iniciaba un silencioso y largo viaje hacia la aniquilación. Que cada Aurelianito se llevaría un trozo de su ser, le robaría una idea iluminada; peor aún, Dulcinea y Antonieta no le prestarían atención. ¡Horror! ¿Qué sería de él?

Un gran fracaso se inscribió ese día en los anales de la vanidad. El hombrecito muy pequeño comprendió que no podría ser padre ni tío ni abuelo ni amigo, en realidad, porque todo lo que implicara que él donase sus bienes intangibles, sus más preciados bienes, al prójimo, traería como consecuencia que él creciera un poco en estatura moral. Y pues él, claro está, había nacido y crecido para ser pequeño en todo aspecto.

Decidió entonces concluir su catálogo de féminas, con una multitud de oficios y funciones y contempló que, a él por lo menos, con Dulcinea y

Antonieta le bastaría. Suplirían ellas por todas sus necesidades, y podría él continuar la gran obra de su vida: escribir los más bellos tratados sobre la necedad. Los celos, el último volumen de su colección, sería escrito dentro de siete años, como había programado. Contento entonces con su decisión, salió a la calle a pedir datos, a hacer preguntas y los Lores de la botillería de la esquina le orientaron, instándole a emprender una travesía. Pronto se fue a Laurides, la ciudad de las más bellas mujeres, para comprarse una Dulcinea y dejar de inmediato enganchado el acuerdo de que le mandaran una nueva al cabo de doce meses. A continuación siguió viaje por Alexandría, donde conoció un par de potenciales Antonietas y tuvo trabajo en decidir, porque las dos excedían los requerimientos. Pero el asunto se resolvió solo, cuando una de ellas se opuso a seguirle los pasos en cuanta tontería —esas palabras usó la candidata— a él se le ocurriese. Para el pequeño hombrecito no cupo duda, entonces, de que era la otra, la de gafas, quien sería su compañera ideal. Así se volvió a su velero automático, de cinco puertas, a navegar de regreso a la gran urbe al pie de la montaña, con su Dulcinea en la popa y su Antonieta en la proa. Y navegaron por los quince mares que separaban esas lejanas y exóticas tierras, hasta llegar a la mansión, compuesta de tres dormitorios y un living comedor.

Y así, por dos años, los tres vivieron felices, comiendo huevos de ñandú que Dulcinea tan eficazmente convertía en tortillas y *omelettes*; y escucharon los sabios monólogos de Antonieta, quien además era perita en combinar el pisco con el limón y el azúcar. Así pasaron tres años en que el hombrecito muy pequeño se admiraba frente al espejo su hermosa tez blanca y veía como sus nuevos seis libros avanzaban en páginas, crecían en retórica, se enriquecían en metáforas y comparaciones, y se jactaba de sus grandes decisiones, hasta el momento en que Dulcinea apareció una mañana de domingo, arrastrando un poco las piernas, los tobillos hinchados y la barriga rebosante. Más atrás venía Antonieta tejiendo un chalequito todavía más minúsculo que él. Y comprendió el hombrecito que sus mujeres habían roto el pacto. Víctima de la desesperación, corrió al catálogo de féminas y les recalcó los requisitos, que se resumían en uno: no hijos. Ambas se alzaron de hombros, pues ya venía el retoño. Dulcinea todavía estaba más despistada que Antonieta, ya que, siguiendo las instrucciones que el hombrecito había dejado en Laurides, la ciudad de las bellas mujeres, ella era la tercera en venir a vivir a la gran mansión. El encargado había perdido la precisión en cómo manejaba sus negocios y no le había comentado el punto clave de la no concepción. La última Dulcinea se había soltado a gozar ella, no importándole en lo más mínimo las súplicas del hombrecito, que déjeme que estoy escribiendo; que déjeme, que estoy creando. Ella quería la vara de carne y la obtenía como fuera. Sin cuidarse, por el simple placer de sentir cómo le estallaba la cadera durante el movimiento circular del hombrecito entre sus muslos. Apenas habían pasado tres meses cuando Antonieta descubrió el embarazo y, cansada de tanta cháchara, se sentó a tejer porque era capaz, tan capaz, de ser ilustrada y maravillarse por las creaciones del cuerpo, todo al mismo instante y sin que las gafas se le cayeran.

Ante los alaridos espantados del hombrecito, con los que recibió la noticia, ambas féminas se cubrieron los oídos. Qué mariquita, dijo una. Qué insulso, dijo la otra. Y decidieron en ese instante expulsarlo de la mansión. Lo agarraron cada una de un brazo, no era difícil, con tal de que era muy chico y muy liviano y lo dejaron al otro lado de la puerta. El hombrecito muy pequeño no tenía voz, en realidad, porque había pasado toda su vida escribiendo para agradar a otros, así es que a la hora de pedir que le abrieran, no fue ni convincente ni poético ya que no había pluma fuente de por medio. Del otro lado de la puerta sólo se oía un vacío.

El resto de la tarde Dulcinea y Antonieta se lo pasaron revisando los escritos tan maravillosos que el hombrecito había dejado atrás. Después de leer miles de páginas, apuntes y bosquejos de novelas, concluyeron que, en realidad, no tenía talento. Por la ventana tiraron todos los documentos, que planearon como aves aburridas en una tarde primaveral. El hombrecito, que había permanecido acurrucado entre las raíces de un árbol de la calle, corrió a recoger sus hermosos escritos y trató de armarse una cama con ellos.

Desde el tercer piso del edificio, donde quedaba

su mansión, las mujeres le gritaron que serían ellas quienes terminarían su Catálogo de Féminas, dándole nuevas descripciones y funciones a cada una de las que allí habían sido bosquejadas: la amante casual, el ama de casa, la que cocina y plancha, la que recibe golpes, la que nunca se enferma, la que baila, la que no se maquilla. Y que agregarían muchas más, por nombrarle algunas: la que no es novia ni esposa, la que no quiere parir y la que quiere parir y pintar lienzos al mismo tiempo.

Y para saldar, desde arriba le gritaron al hombrecito muy pequeño, tan fuerte con tal de que los Lores de la botillería de la esquina también escucharan, que sus nombres verdaderos eran Julia y Juana y que no se les olvidara. Tras ello, cerraron la ventana y se sentaron a escribir las verdaderas grandes tareas de las mujeres.

"   "

Hace tres días que tengo el pelo con forma de audífonos. Esto me ocurre porque no invierto en cortes de cabello: entro al primer lugar que tiene un peluquero disponible. Lo sé porque alguien me toma del brazo y me conduce a un sillón libre en muy poco tiempo. Por eso mi pelo está plano en la corona de la cabeza y se abomba a la altura de las orejas. Porque, en resumen, no le dije al hombre lo que necesitaba.

Todavía tengo malos entendidos porque Dios me ha dado boca, pero no palabra.

Porque oigo, pero no escucho.

Porque tengo ojos grandes, pero soy miope a reventar.

Por eso me caigo de manera constante. Me río,

pero la carcajada viene acompañada de tristeza. Y me duele el alma. Trato de no ser melodramática, pero choco por las calles y me gritan enojados "¡mira por dónde vas!"

El bastón ayuda en lo geográfico, pero no en la virtud. "¿Le ayudo, abuelita?", me preguntan. Llevo apenas treinta años a cuestas, pero este aparato de ciegos, largo, con mango de goma y cuerpo de metal, me inserta en otra categoría.

De la nariz no me quejo, pues es lo único que sirve.

No siempre fui así. Hubo un tiempo en que pude ver y oír y hablar. Pero eso sucedió hace muchas estaciones atrás, antes de que mi nariz comandara todo. Ahora, con el olfato recorro la ciudad; tengo un mapa de olores que me lleva de la panadería a la farmacia, a la verdulería. Las pestes son las señales de aquello que busco, de las personas que necesito, de las compras que hacen falta.

A dos cuadras de mi casa hay un alcantarillado y un semáforo que no distingo. Al parecer hay un puente porque en esa esquina el asfalto vibra y el tráfico feroz me revuelve el estómago. No pongo un pie en el pavimento porque el hedor de la alcantarilla me advierte que hay peligro. Espero un poco hasta que alguien se ofrece para ayudarme a cruzar. La persona ronronea junto a mí. No sabe que no logro descifrar sus sonidos. Sonrío. Me he acostumbrado a sonreír. O a lo que recuerdo era una mueca que cortaba el rostro en dos, un gesto que la gente solía captar como algo bueno. Recurro a esa memoria para responderles a los otros.

En la siguiente vereda percibo una leve acidez, entonces avanzo. El ayudante me deja ahí, siento la presión de su mano en mi codo. Ese aroma a pino húmedo se retira, era un hombre joven. Trato de aferrarme a ese claro en el bosque de pestilencias, pero las cuchillas minúsculas del amoniaco entran cortando madera. Ya estoy en la esquina de los orines. Existe un espacio único en Laurides, donde se combinan los desechos de perros, borrachos y niños, un vértice donde todos somos una misma amarillenta porquería.

Ahora que he llegado a mi destino, sé que en

cuestión de minutos aparecerá Beatriz. Siempre viene puntual. Ella entiende mi problema. Sabe que ese punto cáustico del barrio no es la mejor sala de espera.

La lavanda fresca meciéndose en la pradera la antecede y cuando me saluda, beso en la mejilla, sé que trae su labial "Rosa de Francia". Beatriz es bella, lo sé, porque ningún feo huele bien.

—¿Qué te pasó? —me pregunta, mientras toca las puntas de mi pelo.

—Nada… —digo, ignorando la alusión a mi mal corte.

Beatriz no insiste.

Eso me gusta de ella, su discreción. Eso y el olor a prado francés. Lo he sentido antes, en la botica a dos tufos de mi casa. La dependienta, una señora que debe ser guapa, se aplica la misma agua de colonia para que yo la reconozca. Se asegura de atraerme como mosquito al mango dulzón, porque le doy lástima o porque soy buena clienta. Varias veces he pensado en comprar una botella de perfumes para Beatriz, sería un buen regalo. Cada vez que abriera el frasco, se liberaría la fragancia en volutas altas, redondas y blanquecinas. Creo que se alegraría.

Beatriz me ayuda a subir la escalera, la goma gastada de los escalones huele a muñeca recién comprada. Entramos en su despacho, donde las azaleas danzan a ritmo púrpura, como es habitual. Beatriz es flores de montaña, el calor tibio de su brazo enganchado al mío, la familiaridad apática de alguien que no me conoce, pero a la vez sabe tanto de mí.

—¿Qué haremos hoy? —le consulto.

—Más exámenes, Manuela. Todavía no podemos entender por qué no puedes ver, si clínicamente tienes visión perfecta. Tu miopía no tiene explicación. Y la audición, está perfecta, pero…

La voz de Beatriz se diluye en mi interior. No es la primera vez que escucho estas palabras. Filas de doctores, vainilla, café, tabaco, bolitas de menta, me han dicho lo mismo. Beatriz es mi última esperanza. La mejor, dijo el galeno que amaba las cebollas en escabeche y cada vez que me hablaba, me daban arcadas. "Visítela" insistió "y lamento no haber podido ayudarla", sentenció en una bocanada acre.

—¿Manuela? —la oigo repetir.

Su silueta se torna aún más borrosa.

Sólo alcanzo a olerla una vez más antes de entrar en mi silencio.

Me arremolino y me adentro.

Porque yo elijo. Elijo no escuchar, no ver, no hablar. Porque llevo un mundo atorado entre las hebras del cabello, un espacio de dolor imposible de compartir. Que debe seguir oculto como sea, a costa de pelos mal cortados y visitas semanales a la doctora Beatriz.

Esto es más fácil que aceptar la verdad que respira debajo del ombligo. Que punza y recuerda. Que cierra los oídos y los ojos y la boca. Que quita el habla. Mejor que repasar el lomo pisoteado de mi ser, más sencillo que pulir los callos que han surgido en la voluntad. Bloquear los ataques enconados a mi cuerpo juvenil, muslos ensangrentados. El horror.

Esto es mejor.

No oigo, no veo, no digo.

No te digo.

RECOLECTA

Mi padre se avecindó en San Mittre de Laurides a causa del cementerio, que está cerca de una arboleda y la sombra lo mantiene entre cinco y siete grados más frío que el resto del pueblo. Por eso vino mi padre, porque el hielo era tal que los difuntos salían casi a diario de sus tumbas en busca de calor. Dice que cuando llegó a San Mittre, siguiendo el aviso del periódico, el alcalde estaba tan feliz de verlo que le dio un abrazo de bienvenida y lo contrató en menos de diez minutos.

Mi padre dice que la plaza del pueblo reverberaba en un ruido tan peculiar, como si se rompieran cántaros repletos de agua; era un rumor tan molesto que muy pronto le dio dolor de cabeza. "El ruido no es el mayor problema", le dijo el alcalde, "comparado con el de la 'Recolecta'". Que antes de que él llegara, el pueblo había intentado distintos mecanismos para seleccionar al encargado; hicieron sorteos, competencias de salto, eligieron al dedo, el asunto es que nadie quería hacerlo. Orietta, la vecina más vieja, había sugerido que pusieran un aviso en el semanario local. Por dos razones, dijo: que ya estaba cansada de que el difunto Fuentes le dejara la mandíbula en el antejardín. Y que ella se uniría al desfile de muertos y más le valía dejar organizado el asunto de quién la recogería al final de cada jornada.

Mi padre había abandonado la granja de mi abuelo un par de meses atrás, pero al cabo de poco andar, sus sueños de fama y fortuna se habían reducido a dormir debajo del puente del estero Laurimague, arropado con periódicos.

Una noche de frío extremo, en que una fogata minúscula apenas le calentaba las manos e intentaba cubrirse con diarios, se topó con el aviso que Orietta había puesto.

"Se necesita Recolector. Buena paga. Casa y Comida", leyó. "Recoger frutas", pensó mi padre antes de dormirse, él era bueno para eso, muy a su pesar. Cuando despertó, partió al pueblo, pensando que se encontraría con un regimiento de fruteros y que tendría que hacer despliegues de fuerza para ganarse el puesto. Sin embargo, para su sorpresa él era el único postulante y el alcalde, como ya dije, lo recibió con los brazos abiertos.

Esa misma tarde, cuando cayó el sol, con el pueblo sumido en una pátina invernal y todos sus habitantes ya guardados en sus casas, acurrucados frente a los fogones, el alcalde le pidió que esperase al centro de la plaza, que muy pronto vendrían; y luego se retiró. "Los patrones", pensó mi padre.

El ruido sordo contra el empedrado del pueblo, que había oído durante toda la tarde, aumentó poco a poco hasta volverse estruendoso. Era una procesión de esqueletos que surgía desde las cuatro puntas de la plazoleta y se encaminaba al cementerio. "La Recolecta...", entendió mi padre y con el sentido práctico que le caracterizaba, se fue persiguiendo a la comparsa recogiendo quijadas, fémures, falanges y todo resto óseo que se iba cayendo. Los siguió hasta el camposanto, comprobó que era gélido, los vio a cada uno meterse en una tumba y detrás fue él devolviendo huesos un poco al azar.

Cuando terminó, alumbrado por la Luna, se encaminó a su nueva residencia que el alcalde le había mostrado antes. La casita de junto al cementerio era cómoda, caliente y seca. El olor de las cebollas y las zanahorias humeando en la marmita le confortó. Comió, se acostó y se durmió de inmediato. Ya dije que mi padre no es de lo que se complican la vida. Claro está que lo mejor era quedarse ahí y no retornar, derrotado, a la granja del abuelo.

Con el cacarear del gallo, la voz cantarina de Orietta lo despertó a través de la ventana. Quería agradecerle porque sus flores habían amanecido rozagantes, abiertas y libres de dientes. Al poco tiempo se vio rodeado de todos los vecinos, apenas un centenar de personas. Todo el pueblo estaba satisfecho y se puso a planear un gran festín. Entusiasmado con sus nuevas habilidades, mi padre muy rápido se volvió experto en la "Recolecta" y se jactaba de no olvidar osamenta alguna. Así, su vida empezó a trascurrir en la dulce rutina del trabajo.

Dice mi padre que en uno de esos recorridos conoció a mi madre. Al principio, ella lo seguía un par de cuadras, luego algunos kilómetros y finalmente todo el camino hasta el cementerio mientras él iba empujando la carreta para terminar la labor antes de plena noche. A él le daba risa tener esta compañía. Cuando podía, se volteaba a mirarla y lo que más le gustaba de ella eran sus mejillas rosadas y los labios color carmín. Así, entre sonrisas y pocas palabras, una noche hicieron el amor rodeados de sepulcros medio abiertos.

Muy pronto nací yo y la felicidad fue completa. Pero un buen día, cuando se me asomaban los dos primeros dientes, mi padre me encontró chupando una clavícula, tratando de aliviar la picazón de las encías. Entonces él pensó que era tiempo de cambiar de rubro; mal que mal, ya tenía una familia, tenía una hija y deseaba tener más.

En los meses posteriores se aplicó a la tarea de ahorrar para sacarnos lo antes posible del pueblo y cuando reunió suficiente dinero, le avisó al alcalde que nos iríamos. El hombre le rogó que nos quedáramos, lo recuerdo porque se aparecieron todos por la casa, pero esta vez venían menos festivos. Orietta lloriqueó con la noticia. Un hombre con pata de palo alzó los puños y yo corrí a esconderme detrás de mi padre. Luego de mucho tumulto, el alcalde dijo que mi padre era, sin dudas, el mejor recolector que el pueblo hubiese visto jamás. "Sin comparación", agregaron los pobladores al unísono, en un extraño coro de voces que indicaban no aceptar la renuncia.

Mi padre sugirió que cerraran el cementerio. El alcalde se negó. Mi padre propuso cortar los árboles, instalar calderas, levantar una cerca tan alta capaz de bloquear el viento cordillerano, pero ninguna de las ideas prendió. Ellos querían a mi padre y mi padre insistió en que debíamos salir de allí. El alcalde se rindió, menos mal y se dio la media vuelta; los pobladores le siguieron, ensimismados, con los hombros rígidos, reclamando e insultándonos de vez en cuando.

Mi madre, que había observado todo desde la ventana, estaba un poco inquieta cuando entramos a la casa. "¿Estás seguro?", preguntó. Mi padre nada más respondía con un movimiento de cabeza. El plan era partir después del desayuno. Mi madre se movía silenciosa, aunque le temblaban un poco las manos y con su típica economía, metió en un baúl sólo lo indispensable.

Al atardecer, de súbito, mi madre faltó. Yo era pequeña, no recuerdo tantos detalles, pero mi padre volvió de su última recolecta y me encontró a mí sola en casa. Esperó un rato, pero mi madre no vino, así es que cenamos en silencio el puchero que ella había dejado cocinándose en la estufa. Luego supe que mi padre la esperó despierto toda la noche, hasta que a horas de la madrugada escuchó murmullos y luego un gran golpe contra la puerta. Corrió a abrir y ahí estaba ella, sentada en el suelo, pálida, las mejillas grises y los labios azules, la mirada fija, detenida, un tanto horrorizada.

Al amanecer se supo de su muerte y el pueblo se deshizo en atenciones para con nosotros. Orietta, incluso, apareció con una bufanda hecha a mano, que deslizó con amor alrededor del cuello de mi madre, cubriendo esas marcas moradas como de una cuerda, que allí le habían surgido. Cierto es que mi padre estaba devastado y cuando el pueblo le ofreció enterrar a mamá gratis e incluso le aumentó considerablemente el sueldo, él, en la confusión de la pérdida, aceptó.

A ratos, a la hora de comer, le vuelve el arrepentimiento y me dice que debió sacarnos de aquí en secreto, que aún estaríamos los tres juntos. Llora y se lamenta de no haberlo hecho.

Entonces le recuerdo que aún lo estamos, los tres, que sólo debemos esperar hasta la mañana siguiente, cuando mi madre salga a buscar sol y él, al término del día, la recolecte y la devuelva a su tumba.

AMARILLO AMOROSO

El paraguas amarillo nació por un error en el proceso de tinturas. Nació chillón e irritante, de un color similar a los amaneceres de año bisiesto en Laurides. Y por esa increíble característica, el paraguas fue descartado por su fabricante, dictaminando así que nunca se vendería, porque era la época en que la pequeña comarca de Laurides estaba gobernada por el general Calabazas y su séquito de reyes capitalistas, que no aceptaban tonos que no fueran el negro o el verde paco.

El paraguas, como especial que era, había desarrollado un bonito sentido del humor y la capacidad de verle lo positivo incluso a la máxima aberración: nacer amarillo y ser el único entre sus grises hermanos. De forma tal se contentó con su destino, vivir relegado a la bodega de debajo de la escalera en la tienda principal de Avenida Miraflores.

Desde una pequeña rendija, el paraguas vio desfilar a sus hermanos, que eran desempacados de una caja de cartón, abiertos para ser desplegados en toda su maravillosa e impermeable extensión, y colgados de cordeles de oro en el frente de la tienda. Y así fueron recogidos por las discretas manos de los lauridenses, que en la intimidad deseaban traer el arcoíris a sus vidas, pero se apreciaba —de acuerdo a los reportes de atentados y desaparecidos— que tal cosa no sería aun posible.

Casi había transcurrido por completo el año bisiesto, con el encandilamiento de sus amaneceres, cuando la comarca ya se disponía a despertar con soles regulares, de suaves rosas y también anaranjados. Mientras que el paraguas amarillo vivió en su encierro, trató de aprender a leer los diarios de la Resistencia que el fabricante compraba al por mayor sólo para amontonarlos en la bodega, retirándolos de la ordenada y limpia vista de los lauridenses respetables.

Sin embargo, una mañana que nadie se esperaba

porque se suponía eran tiempos de sequía, se desató un monzón de tales proporciones que el fabricante de paraguas debió poner en oferta su entero inventario y en un descuido propio del ajetreo, el hombre dejó la puerta de la bodega abierta, por donde el paraguas amarillo, exaltado, tuvo la primicia de las callecitas de Laurides, sus gentes oscuras, de abrigos largos y paraguas grises batallando contra la lluvia torrencial, y apreció la potencia del viento despedazando a sus hermanos. Unos tras otros caían ante las garras de la ventolera y el descontrol de los abrigos alzados por la furia del aire. Y unos tras otros también, corrían los lauridenses a la tienda de la avenida Miraflores para adquirir un paraguas nuevo. Hasta que en cuestión de dos horas no quedó más que el engendro amarillo, escondido en su destierro.

El fabricante, ante la evidencia de haberse quedado sin productos, decidió recoger el paraguas exiliado, quitarle el polvo con un plumero, extenderlo, ver que el arco de la capota funcionaba y el mecanismo de resortes estaba todavía engrasado, para colgarlo en el cordel dorado de la puerta. Y pareció de momento que todo Laurides estuvo dispuesto a mojarse bajo la lluvia. Ahuyentados por el color, no podían arriesgarse a ser atrapados por las huestes del general Calabazas con tamaña desobediencia.

Las nubes continuaron desaguándose sobre la comarca, los abrigos se hicieron tan pesados que los lauridenses, arrastrando el poncho, parecían haber perdido estatura, cuando de entre la multitud empapada surgió la figura gatuna de una joven provinciana que venía recién llegando desde el norte, aquella tierra donde todos los amaneceres eran amarillo irritante, igual que el paraguas. Sin dudarlo, la joven cruzó la calle que les separaba y se compró el último paraguas, con tal alegría y goce. Nadie le advirtió de las consecuencias que el hecho podría generar y sobre su delicada silueta le sembraron para siempre una duda.

La chica, ajena a las reglas del general, sólo se preocupó por aprender a manejar el aparato con la máxima rapidez, pues en el norte no llovía y en el camino pinchó a varios peatones en los ojos, quiénes atribuyeron el ardor del párpado al amarillo violento. Corrió el rumor, como corren las vertientes por las montañas, que la chica venía a dirigir la Resistencia, cuando en realidad la flaca venía para hacerse de una vida distinta a la que le ofrecía su norte amado.

Nadie le había prestado tanta atención, por lo que fue inevitable que el paraguas comenzara a agradar a su dueña, amoldándose a ella y en cuestión de semanas, con el monzón tozudo sobre la comarca, se afianzó esta peculiar alianza, sellada por múltiples aventuras. Como la ocasión en que el paraguas decidió aprovechar que la puerta del bus donde viajaban estaba abierta, para escabullirse cabeza abajo por los tres peldaños del transporte público y caer al pavimento y la joven tuvo que gritarle al chofer que detuviera la máquina, para descender y recogerlo. También atestiguó el paraguas la tristeza de la muchacha, cuando la despidieron por vestir de fucsia en una oficina en que se demandaba chaqueta y pantalón café; y cómo se rompe un noble corazón, aprendió, la noche en que el novio que ella quería mucho le dijo que no la correspondía. En todas esas desafortunadas situaciones, el paraguas se arqueó lo más que pudo, con tal de rozar los hombros de su propietaria en un abrazo puntiagudo.

Rieron y sufrieron juntos estos compañeros, durante más de diez años.

En el ocaso de una grandiosa vida, reflexionó el paraguas, cuando la tela ya se le empezaba a transparentar y gotitas invasoras de lluvia se colaban hacia la nuca de la joven, se preció de su estructura de metal reforzada, del color rabioso que lo distinguió, haciéndolo un paria al comienzo, pero destinándolo a las manos de la muchacha justamente por su diferencia.

El día en que el paraguas amarillo quiso abrirse ante una suave llovizna y en vez de expandirse, graznó como el último canto del cisne, la joven provinciana lo miró afligida.

Lloraron juntos en esa jornada final, con lágrimas de lluvia, los inseparables amigos.

FUERA DE LAURIDES

LO QUE TIENE GLORITA

Nos conocemos una tarde cualquiera, tan cualquiera como puede ser una tarde en la sala de espera del mejor psiquiatra de adicciones de la ciudad. Las dos estamos rotas, pienso para mí, mientras la observo, una chaqueta negra con ribetes rojos, parece una chaqueta de minero. Ella me mira y me pregunto si hablará mi idioma. El idioma, mi pérdida. Mis tres hijos, mis pérdidas. Mis dos maridos, mis pérdidas. Se sienta con las piernas abiertas como un muñeco descosido, pero a la vez como quién pidiera permiso para existir; no parece vieja, tampoco joven. Ni un solo cabello cano en su cabeza, que noto redonda, muy redonda, de una redondez perfecta para ser pateada y rodar por el suelo. Me debato entre hablarle o no, se ve que espera también, somos las dos un par de mujeres que alguna respuesta andan buscando por la vida, en la fila del supermercado o en la antesala del psiquiatra.

—¿*Granma*? —una muchachita joven la interrumpe, viene sonriente desde la oficina del doctor.

—¿Estás lista? —responde la mujer, en español y eso me anima, tal vez podamos conversar.

—Tengo que ir a *pis* —dice la joven, dándose la media vuelta en dirección del baño. Un camino tan conocido porque siempre que me toca esperar, la vejiga me ataca y me levanto para ir al *pis* tres o cuatro veces.

—¿Es su hija? —me animo a preguntarle por fin, arrepintiéndome al instante, si la ha llamado abuela, qué bruta soy.

—Mi nieta —responde.

—Ah… —me doy cuenta de que no quiere continuar nuestra conversa.

Las dos miramos al suelo como si hubiera allí una gran pantalla de televisión donde poder perderse por un momento, no tener que sostenernos la mirada, ni sonreír por la fuerza, hubiera sido mejor que no le hablara… Miro el reloj, en cualquier momento llegará Glorita, mi ahijada, en cualquier momento, arrastrando esas piernas demasiado largas que heredó de mi compadre y los brazos gruesos que sacó de mi comadre. Gloria, Glorita, lo más parecido que tengo a una familia, a un hijo, aunque jamás será como los míos, los míos son rubicundos, tan parecidos al padre, tan alemanes que no podían dejar la patria, amaban el Brasil que los vio nacer por sobre todas las cosas. Y yo amaba mi libertad, más que cualquier otra.

Regresa la joven, viene subiéndose el cierre. La mujer la mira como reprendiéndole, la chica no hace caso y se arroja al sofá. Tiene la misma actitud que percibo en Glorita cuando le pido que no llegue tarde o que me avise si tiene que hacer compras o encargos.

—¿Viene todas las semanas? —vuelvo a abrir la boca.

—Sí ¿y usted? —me sorprende con un tono más amable.

—También.

—Nunca la había visto —me dice.

—Nos cambiaron la sesión del jueves para el viernes…

—Entonces nos vemos la próxima semana

—concluye, con semi sonrisa, agarrando su maletín, no usa cartera sino maletín y tirando a la nieta del antebrazo. La nieta es un fideo lacio que no quiere levantarse del sofá.

—Nos vemos —le alcanzo a decir, por encima del hombro de Glorita, que ya viene arrastrando los pies, que ya viene con los ojos vidriosos, que ya viene drogada.

—¡Lo hiciste otra vez! —le recrimino.

—¿¡Qué te importa!?

—Yo estoy a cargo tuyo hasta que vuelvan tus papás.

—Si no van a volver...

—¡Claro que van a volver! Y te van a elevar a patadas...

La bisagra sin aceite de la puerta del Dr. Retz, ese ruido particular como de uña rascando el pizarrón, como de Glorita tratando de cortar la carne a la rápida, raspando el tenedor contra el plato. La bisagra sin aceite de mi vida. La partida atarantada en el avión, los mocos de mis hijos, sólo mocos, sin palabras, sin lágrimas. Un alemancito no llora, un hombrecito no llora, las palabras de mi último marido. Las manos y los abrazos del primero, el que sí amé, el que me dejó. El Dr. Retz nos viene a buscar, lo escucho avanzar moviendo su cuerpo obeso como quien empuja una carretilla de cemento. La respiración agitada, los diez pasos entre la sala de espera y su oficina, la milla verde donde cualquier día caerá muerto por el esfuerzo de dar la bienvenida a sus pacientes.

—¿Cómo estás? —pregunta sin esperar respuesta— Pasemos —. Añade con su español con acento.

Sus ojos azules me recuerdan a Hans. Hans Pérez, medio garoto, medio judío, medio alemán. Hans, del que me colgué para irme lejos cuando Pablo me dejó, con tal de que la sensación fuera que yo lo dejaba a él. Pablo, de ojos café y piel morena. De las leseras que me da por pensar cuando Glorita le explica al Dr. Retz sus infinitas razones para drogarse otra vez. Por sobre la lista de quejas, que me incluyen, por supuesto, siento las manos de Pablo rozándome el pezón, cómo sabía que aquella era la única manera de calentarme, no había otra. Hans nunca lo descubrió y no sé cómo llegué a rellenarme con tres críos. "Es por mis papás, por mis papás", escucho a Glorita excusarse. "Mis papás mis bolas" pienso y entonces las bolas de Pablo, el roce de sus bolas con mis labios. El roce de sus labios con mi pezón. Pablo.

—¿Será por eso? —me sorprende el Dr. Retz, me saca de esas caderas morenas que tan bien sabían moverse sobre mí.

—¿Que qué?...

—¿Será por eso la recaída, por la pérdida?

Mis críos eran lindos, los tres rubicundos y de ojos café como los míos. Qué lindos labios gruesos, troncos estilizados, qué lindos niños. Qué estarán haciendo… qué…

—Vamos a tratar hipnoterapia, ¿de acuerdo? —dice el Dr. Retz.

Todos estamos de acuerdo, pero a fin de cuentas sabemos cómo va la historia. Glorita trata, se limpia un par de semanas, le entra una comezón, busca y encuentra mi frasco de *Vicodin* para el dolor crónico y recae. Siempre encuentra el frasco, ¡siempre! ¿Y será que mis niños están sentados a esta misma hora, en un sofá similar, endrogados? ¿Y en algún lugar estoy de abuela, con una nieta descortés que se sube los pantalones a mitad de ruta entre el baño y la sala de espera? ¿Y en algún lugar alguien como yo espera, añorando los mordiscos del ex?

—¿Quiere empezar la próxima semana? —el Dr. Retz otra vez.

—Sí, claro —contesto. Con tal que da igual. Glorita volverá a usar.

Me levanto del sillón muy rápido, si apenas tengo cincuenta años. A Glorita le cuesta más trabajo, forcejea con la gravedad, se agarra la cola; y se nos viene el fin de semana, las compras que querrá hacer medio volada, medio concentrada, las tareas domésticas que le obligaré a terminar, la ducha caliente y larga que me daré, con la mano metida entre las piernas, mi dedo gordo haciendo las veces de Pablo en mi entrepierna, con Glorita mirando tele en la otra habitación. Seguro que perderá el trabajo otra vez, qué les diré a mis compadres. Hubiera sido mejor que se llevaran a Glorita, que no la dejaran aquí. De habérsela llevado no estaría como está, eso creo, atrapada en una vida con una madrina que ni siquiera cree en Dios y que lo único que hace es añorar, porque a veces me da una sensación de vacío cuando recuerdo a Pablo…

—¿Cómo está? —la saludo de inmediato, en cuanto la veo sentada en la sala de espera.

Lleva la misma chaqueta negra con ribetes rojos. Se llama Lorenza, me dice y me cuenta la historia de su vida, porque sí, porque tiene ganas de conversar o qué se yo. Llegó hace treinta y cinco años, cruzó el río en una balsa, recién casada, a los dieciocho años. Remaron asustados, encallaron asustados, nadaron asustados y corrieron al monte a esconderse, asustados. Ya no necesita papeles, ya los tiene. La familia está legal, tuvo hijos y tuvo nietos. Construyó un imperio mexica miniatura, de retroexcavadores, grúas y materiales de construcción. Es la dueña y señora de su industria, le da empleo a cien personas o más, madre de siete hijos, abuela de veintidós. Todos buenos, todos sanos, todos responsables, excepto uno, el más chico.

Se mete a la vena lo que encuentra, ¿y por qué? La jovencita del pantalón a medio caerse es hija de él, rebelde, porque ni padre ni madre sientan cabeza. Ella se ha hecho la guardiana. Me cuenta todo casi sin respirar, me parece que teme arrepentirse si se detiene por un segundo a escuchar mi opinión. Trato de mantener el rostro serio, tengo la tendencia a sonreír por todo, es un gran esfuerzo no reír y no recordar los dientes blancos de Pablo mordiéndome el pezón. Su tono de voz se achica, se va para abajo, la veo mirando al piso, como buscando esa pantalla de televisión imaginaria que la semana anterior nos liberó de la obligación de conversar.

—Lo lamento mucho —le digo, medio nerviosa.

—No lo lamente… no… La gente se desvía por cualquier cosa, nunca es culpa de uno.

No sé qué responder, Lorenza tiene orgullo, algo que yo he cambiado por culpa. Pero de pronto siento que tal vez sí hay salida, que tal vez es posible que Glorita se recupere, que no tiene que ver con el abandono, ni la pérdida, ni nada de eso, sino con otras cosas, porque la gente se desvía por cualquier cosa, por cualquier cosa. Tal vez lo que debo hacer es liberarme del fantasma cachondo de Pablo, que parece que no era la gran cosa y esos niños rubicundos que nunca me quisieron porque en realidad nunca los parí, por más que me cuente otra historia; y los pocos años que vivimos juntos se la llevaron comparándome con la madre muerta. Me fui y en realidad no había lágrimas ni mocos, los hombrecitos no lloran, ni tampoco tenían ganas de llorar.

La gente se desvía por cualquier cosa.

Escucho la bisagra de la puerta del Dr. Retz, lo escucho avanzar moviendo su cuerpo de barril relleno de manteca, bufando.

—¿Estás lista? —me pregunta parado en el umbral de la puerta. Miro a mi alrededor, no hay Glorita esta mañana y me pregunto si habrá Glorita alguna otra vez o le dejaré descansar junto al recuerdo de mis compadres, los tres matados hace dos años tratando de cruzar la frontera.

—Sí —le contesto e intento levantarme rápido, con tal que apenas tengo cincuenta años y las ganas, las verdaderas ganas, de darle un vuelco a mi vida.

—Hasta luego —me detengo para despedirme de Lorenza.

—Hasta luego... —me dice distraída con su teléfono, luego reacciona— espera, ¿cuál es tu nombre?

—Gloria —le contesto, sobándome un poco la espalda por el dolor crónico, intentando aplacar el hambre del *Vicodin*.

SAFARI URBANO

El problema son las expectativas de cumplir con todo: la nariz respingada, la barriga plana, el pelo teñido rubio para lucir lo más parecida, ojalá, a todo aquel cuerpo dorado-gringo que la rodea, porque desde niña se ha exigido demasiado. A ver si empiezan a alagarle, un aplauso aquí, un piropo allá, no más *pullover* ni *license and registration*. Pero no es por morena, no señor, es porque en cuanto ve la patrulla de policía, Pancha se asusta y tiende a apretar el acelerador. Siempre atenta, la única mujercita de la familia Montes de Oca, que además salió oscura por la bisabuela trastornada, la que se acostaba con los negros de la plantación de bananas... por eso ha salido morena y no existe *L'oreal Feria* en el mundo que pueda aclararle el cabello. Pancha Montes de Oca, en su automóvil *Land Rover*, empinada para siempre en sus zapatos *Jimmy Choo*, cortesía del Pelado, su marido, hablando por teléfono plan ilimitado y su *MK* colgando del hombro. Escondiendo, a ver si se puede, el pasado menos glamoroso en la hacienda bananera, cerca de Puerto Limón y esquivando las llamadas de la parentela que se ha quedado con la boca abierta, pajarracos hambrientos que aguardan por el gusano, a que ella les envíe todo lo que gana y ella, en respuesta, no les manda nada. Porque no ha de volver a su pueblo todavía, si no es para comprar los títulos de dominio que la parentela hambreada y arrogante aún no ha vendido. Y que ella, en un acto último de reivindicación, transará al mejor postor, porque es buena para los negocios y para lucir inocente, excepto cuando maneja, pero verá la forma de dejarles atrás junto a ese pasado caribeño en que por ser la "negra" la mandaban a limpiar trastes, la cenicienta tica de caderas anchas y nariz respingada, barriga plana.

Ya en Dallas tiene potenciales clientes: sus pacientes del ala geriátrica, la típica gente vieja que se quiere jubilar en las tierras calientes de Costa Rica, el país más feliz del mundo, "sí, así mismo es, vea", les dice, mostrándoles una foto de la finca donde creció más o menos alegre, aunque solitaria. "¿Y usted por qué se vino?". Para buscar mejores horizontes, responde Pancha, jugando con el brazalete *Cartier* que pende de su muñeca cual bandera de conquista, la gran muestra de que la decisión fue acertada, de que la riña que se armó en la finca cuando anunció que se iba para América, no le hubiera marcado con dos profundas líneas el ceño.

Porque los Montes de Oca fueron por siglos los señores, amos del Pacífico, de Talamanca y de todo aquel que se cruzara en el camino, la saga de próceres resistiendo por años el declive de la industria bananera, vendiendo sus terrenos a los nuevos ricos, a hoteles cinco estrellas, invirtiendo en parques de diversiones, incluso devolviendo bosques protegidos al Gobierno que tanto deseaba construir un santuario para la naturaleza, por un precio, claro está. Y cuando casi se acababa todo aquello, cuando casi no hubo ubre plena de donde chupar, los Montes de Oca se replegaron en la última finca, la de Puerto Limón. Ahí fueron hombres grandes, desplegaron alas y espaldas y la negra Pancha recibió lo que es bueno, entre bofetadas y uno que otro abusillo olor a ron y a noche sin luna; y de qué te quejas, si la bisabuela loca se acostaba con los negros de la plantación. Y será por eso, a veces se pregunta Pancha, que le gustan los viejos más que los jovencitos, porque el peor y el más insistente era el esposo de la hermana de su madre... y que por eso entonces rechazó la propuesta de Carlos, el joven enfermero del *Texas Presbiterian Hospital* donde lleva cuatro años trabajando, para amarrarse al Pelado, un viejo gordo hábil con las manos y cuya chequera generosa Pancha ha puesto a dieta, con safaris al mall *Galleria* en el centro de Dallas, a la cacería de bolsas y zapatos. Compartirá con el Pelado las tierras y las ganancias, a cambio de la ciudadanía. Eso será pronto, apenas reúna un poco más de dinero y coraje, entonces Pancha jugará el papel de víctima que tanto aborrece, el "me violaron" correrá por el comedor, ante la mirada no tan sorprendida de sus hermanos mayores, quienes, para acallar el reclamo —y porque los Montes de Oca no hacemos esas cochinadas— le darán lo que quiera, y lo que ella quiere, ya está dicho, son las tierras.

Sólo es cuestión de cumplir con las expectativas, mantenerse jovial y forrada en dólares, desde niña se ha exigido demasiado. No apretar el acelerador cuando ve un policía, no recomenzar el baile del *pull over* y *license and registration* para no perder la tarjeta verde, porque a fin de cuentas es una Montes de Oca, más oscura, pero a la vez más fuerte y decidida. Y muy pronto irá a reclamar lo suyo. Mientras tanto, muéstreme aquellos zapatos, no gracias, me los calzo yo misma.

EL GOLFO AL AMANECER

El mar es una línea y allá al fondo acaba el mundo. La voz del otro la remece. "El mar es nuestro aliado", habla como militar, "nuestro aliado". La voz del otro le grita que se apure, que tienen poco tiempo, nunca se sabe… nunca… agrega rabiando. Las babas le cuelgan del hocico, otro perro la lleva, otro hueso. Se montan en el bote. A coger los remos. El mar es una línea. El perro le aprieta el brazo, que "más rápido, más…". Necesitan alcanzar Puerto antes de que el sol esté colgado allá arriba, "ya no hay línea entre el mar y el cielo", susurra Joaquina. El azul oscuro por fin comienza a separarse y el océano espejea lo que hay arriba. El sol saliendo al este sobre el Golfo, las nubes algodonadas teñidas de amarillo, el reflejo de las estrellas, millares de ojos que se van cerrando sobre el agua. "¡Más rápido que no es paseo!", el otro ladra. Y Joaquina apura el remo y se alegra de tener fuerzas. Esta vez no desertará, ni llorará, ni gemirá. "La tercera es la bendita", susurra. Silencio. Sólo se escucha el suave rumor de la madera acariciando el agua. El otro conoce el lugar, el militar emperrado sabe cómo moverse, la memoria de su olfato experto en estos cruces antes libres, antes del resguardo, los muros, las púas. *En la arena escribí tu nombre...* Joaquina pierde el hilo, no recuerda cuántos días lleva andando. Partieron veinte, quedan ocho. El perro la apura, el mar no es línea, el mar no es línea. Le hablará a sus nietos del cruce, qué tonta, ni siquiera se ha casado, a los nietos les dirá que la mar de noche es una línea y en el fondo oscuro y rumiante se acaba todo. Les dirá que Colón se equivocó y la tierra sí es plana, porque cada vez que tratas de coger la curva, empinarte hacia el norte, te mueres, te caes al abismo repleto de tarascas.

Cuando la orilla se distingue el perro les grita que corran. Ella se lanza al mar, azuzada por el otro, "¡rápido!, ¡escóndanse!" El peso del pantalón contra las olas, los zapatos que se pegan a la arena mojada, el pecho que se revienta por el esfuerzo y el terror. Joaquina alcanza las matas, medio ciega se interna entre los brazos espinudos de las matas. Siente el ardor en los muslos, la mezclilla se raja como papel de arroz. Espinas y sangre. No para de correr ni de pensar qué le dirá a sus nietos, qué importa si no está casada. *En la arena escribí tu nombre y luego yo lo borré...* Sacude la cabeza para olvidarse de la canción favorita de su padre.

Cruza la pared enramada y al extremo les espera una camioneta, se suben a carreras y tropezones y les llevan a un galpón. El perro ha desaparecido, el galpón lo comandan otros cuzcos. Rápido, lávense un poco, "¿para qué?" susurra Joaquina, acercándose al balde con agua. Se limpia y se revisa las piernas, las espinas sobresalen por las rajaduras del pantalón, trata de removerlas, pero no puede. Ya no hay tiempo. Deben seguir camino. Se montan en la camioneta tirados unos encima de los otros en el piso. Le caen tres encima, alguien le clava la rodilla en la espalda. No puede respirar, pero aguanta, sabe que puede. Ya está muy cerca, llegará a Houston y se extirpará las espinas.

Volverá a los estudios y a cuidar viejos. A soñar que alguien sueña que ella se puede quedar. *En la arena escribí tu nombre y luego yo lo borré...* El motor de la camioneta ruge, las ruedas patinan, los cuerpos apilados crujen, duelen, lloran. Después de unos saltos, la camioneta toma velocidad alejándose al amanecer.

...para que nadie pisara tu nombre, María Isabel.

DOROTEA ENCADENADA

Hay silencio desde que le dieron las pastillas. Un silencio que se descuelga del ventilador. Lleva meses postrada en cama, una cama-clavos que le traspasa las nalgas, la espalda, los talones. Las pastillas y el silencio, la medicina para acallar el alma. No entiende porqué se habla a sí misma, antes no era así. Antes era ágil y hermosa en las costas frías de Quintero, piernas, brazos, cabellos largos. Antes era concreta y no decía boberías como "acallar el alma". Se pierde en el silencio de las aspas de aquello atornillado al techo, de las ramas de un árbol mecánico que se estira para cogerla. Del cabello antes dorado, ahora ceniciento, de allí la toma el árbol aspa para llevarla lejos, de vuelta a Quintero quizás. Tampoco sabe cómo llegó ahí. ¿No fue ayer que dejé atrás a mi esposo?, ¿no lloró

111

Benjamín con el ruido del avión?, ¿no me traje una lista de compras? ¿Dónde está la lista de compras? La garra del ventilador que la busca, la turbina de aire que quiere succionarla, Benjamín sujeto a su pezón, no chupa, sólo juega. No más, Benjita, no más, bebé. Las pastillas y el silencio.

Un robo en la gasolinera. ¿He estado ahí? Las noticias desde la televisión le gritan que un hombre encapuchado le disparó al tendedero, lo apresaron. Le parece que una vez se detuvieron en esa misma esquina, Benjita quería comprar una bebida... ¿A mí me asaltaron?, consulta al bulto vestido de blanco que insiste en darle pastillas. Un bulto hecho reloj que aparece a las cuatro campanadas. ¿Cómo me salí?, ¿usted me encontró? El bulto de manecillas que le coge la nariz para cortarle la respiración, para obligarla a meterse las píldoras rosadas al buche, sin agua, no hay tiempo de aguas. Sólo las aguas frías de la costa de Quintero. Otra vez el silencio, cuando lo que ella quiere es escuchar.

Una casa de ladrillos rojos, tejas café,
pared amarilla. Un césped que insiste en
morirse durante el verano. El árbol
espinoso y retorcido que nunca tiene sed.
Las flores feas que nacen de plantas
como alcachofas, festín de abejas. Ella
ágil, de rodillas, batallando contra la
mala yerba. Ella, en un lugar de árboles
espinosos, es dura como la mala yerba.
Extraña los pinos, los eucaliptos, la
respiración amplia invadida de gotitas, el
Pacífico encapsulado en el vapor marino.

Incendio, un departamento se quema. ¿He
estado ahí? Las noticias desde la televisión le gritan que
alguien olvidó desconectar una cafetera, que de milagro
el fuego se contuvo. El cumpleaños de Benjita, treinta
velas, la torta en llamas. El bulto café que huele a
comida aparece a los pies de su cama. No estoy herida,
¿yo vivía allí?, ¿le gustó el pastel de chocolate? El bulto
café maniobra y la cama zumbando se levanta. La
espalda se acomoda pegada a la sábana, suda y nadie la

cambia. Agua, dice, agua en la espalda. No hay tiempo de aguas, sólo de papillas porque al parecer tampoco hay dientes. ¿Perdí los dientes? El bulto café se retira dejando atrás su peste a puchero.

Sueño lúcido al fin. El bulto café ha olvidado recostarla. La persiana está abierta, muchas nubes, algodones, parece que llueve, parece que truena. Por fin hay ruido. Voces, bultos y más bultos circulan por el pasillo afuera de su habitación. Mueve las piernas, las siente. Se alegra con la vitalidad que tenía cuando dejó a Benjita y a su marido en Quintero. Mueve los brazos, los siente. Inspira con la fuerza que tenía al nadar, sin importar el agua gélida del Pacífico. Tantea las nalgas, no tienen espinas. Pero el sudor bañándole la espalda persiste. Se gira para bajar las piernas. Apoya la planta de los pies, no recuerda cuándo fue la última vez que caminó. Antes de la primera pastilla de silencio, sí, antes... Se anima a levantarse afirmándose de la baranda de la cama y ve su reflejo en el ventanal, un rostro de arrugas y de muchas risas, eso ve. Más allá, el cielo arremolinado y verdoso que anuncia tornado.

Una casa de ladrillos rojos, tejas café,
una pared que fue amarilla pero ha
debido pintar verde. Árboles arqueados
que no se mueren. Abejas que arman
colmena en la canaleta. ¡No son abejas,
son avispas! Ardor, agua con hielo,
¡ayuda!, no hay nadie. Benjamín se casó
y se fue. La casa le devuelve el eco de su
antigua voz, que fue segura y decidida.
El dedo hinchado, el festín de la avispa
le empieza a cerrar la garganta. Tendrá
que irse sola al hospital.

¿Es por la picada de avispa?, ¿por eso estoy
aquí?, le consulta con ansias al bulto blanco que
reaparece con sus manecillas finas y rígidas, siempre a
la hora, para acostarla de nuevo, para bajarle el respaldo
de la cama, para arroparla tan duro como quien desea
inmovilizarla.

Busque refugio ahora. Tornado. Ahora. ¿Es por

la avispa? Las noticias desde la televisión le gritan que un tornado se aproxima, ha levantado techos, volteado carros, inundado escuelas. Recuerda a sus nietas, las hijas de Benjita, asustadas el primer fin de semana que se quedaron con ella, sábado de alarmas y de vientos aullantes, escondidas las cuatro en la bañera. ¿Fue el tornado que me trajo aquí?, Se pregunta y se aferra a la época en que no se hablaba a sí misma y no decía "acallar el alma", la época en que Benjamín también dejó Quintero para reunirse con ella en Texas. El tiempo feliz en que pensó que todavía tenía esposo allá en Chile, para descubrir más adelante que aquello no existía, que aquello tibio que se llamaba amor se había secado con el pino que daba buena sombra en una casa que ahora era refugio de otra. Cuando el ventanal tiembla, el granizo es un enjambre de pájaros hielo furia y el cielo verde del tornado les cierne sobre las cabezas, entonces recuerda que fue Benjamín, su Benjita, quien la internó en el hospicio. Antes de que perdiera las palabras, antes de que los recuerdos se enredaran, antes de creerse Dorotea buscando al mago, antes de todo eso, ella era mujer. Grita, pero las aspas del techo la cogen. Grita y el cabello le arde en la raíz. Entonces las pastillas, el bulto blanco apretándole la nariz, obligándola a tragarse las pastillas de silencio, amarrándole las manos y hablándole suave, como si al bulto blanco le importara algo, una pizca, lo que a ella le duele. Y lo que a ella le duele, en el momento del grito, es el olvido.

HACEDORA DE AGUAS

De pronto se ha quedado a cargo de traer el agua. Convocarla, que surja desde el vientre de la tierra, desde las entrañas de su Amorosa Madre. O que caiga, transformada en gotitas desde el cielo, y ella corra a reunirla entre sus dedos y la traslade de la piedra a la bolsa de cuero. Debe traer el agua para su villa, para lo que queda de su villa, para las tres familias que sobreviven como llaretas, creciendo en verdor a contrapunto del altiplano. Tres familias que resisten el robo de las aguas ancestrales que antes bañaron el salar, agua de vida que ahora usan para lavar minerales, degradada por el hombre de la ciudad, agua que llora muy por debajo de la tierra, ahora, tratando de esconderse.

De pronto se ha quedado a cargo de traer el agua

y es un cargo para el cual no se siente preparada. Era su padre quién lo hacía, con la pericia de los ancianos que saben comunicarse con lengua líquida, con lo aprendido del abuelo, que a la vez lo aprendió de su padre y éste, del tercer abuelo. Y ahora es el turno de ella, de invocar a la Amorosa Madre. Y no sabe cómo hacerlo.

Corren los soles y crece la sed. La verdura se enmustia. La alpaca se inquieta. Las mujeres la observan, la esperan, la azuzan, todo en el silencio del viento cordillerano.

Entiende que no puede esperar. Sale de madrugada a buscar el mejor cactus, el más parejo, más pinchudo, más seco. Sale invocando a la Amorosa Madre, pisando con cuidado, haciéndose sigilosa para que el cactus no se escape. Se monta en el primer risco, nada. Se monta en el segundo risco, nada. Pero en el tercero, desde allí lo ve, enclavado en el pináculo del sexto risco, el mejor cactus, parejo, pinchudo y seco.

Le costará trabajo llegar hasta él.

Se acomoda su morral y se lanza a la conquista. Y con cada paso que da, repasa las manos del padre sobre aquel otro cactus que solía traer agua. Las manos del padre removiéndole cada espina, tal como hizo el abuelo y el padre de éste y el tercer abuelo. Limándole la aspereza hasta dejarlo suave y liso como la piel de sus mejillas. "¿Ves?", le dijo, haciéndola sentir aquello mórbido, una de las pocas veces que no extrañó la aspereza del desierto. Y así mismo ella, todavía insegura, en el pináculo del sexto risco, corta el cactus con cuidado y con trabajo, con un pequeño pero afilado cuchillo; y va desvistiéndolo de toda aguja, de sus naturales defensas. Guarda las espinas para secarlas al sol y luego meterlas adentro, en el cactus que será cilindro, recipiente, canto sonoro, de lluvia, de promesa de lluvia o riachuelo. Espinas y pepitas que más tarde incluirá, las mismas pepitas secretas que el padre en su momento resguardó adentro, ante sus ojos maravillados de niña, cuando fue el turno de él, de traer el agua.

Ya cae el sol y debe volver a la villa. Guarda el cuchillo en el morral, guarda las espinas en el morral. Coge el cactus vacío, el recipiente, lo alza al atardecer para ofrecerlo a Inti, el gran Dios, para que el gran Dios lo preserve con sus dedos dorados.

Desciende del sexto risco. Cuenta los pasos que

la separan de la villa. Muchos aun. Debe apurarse si no quiere enfrentar el hielo de la puna. Seguirá los dedos dorados del gran Dios, que siempre es buen guía y la llevará de regreso.

De un momento a otro se quedó a cargo de traer el agua, cuando en disputas con los mineros, el padre fue muerto. Y no sabe cómo hacerlo, pero siente, aprende, que el cactus recién conquistado será Palo de Agua. Y que el cactus como Palo de Agua hablará lenguas líquidas que se entenderán con las vertientes, escondidas en lo alto y en lo profundo. Y así resurgirá desde las entrañas de la Amorosa Madre o caerá en forma de gotitas desde el cielo. Y en el instante en que el prodigio ocurra, se escribirán nuevas páginas en los libros de su estirpe, relatos recién inaugurados que den cuenta de que fue ella la primera niña que logró hablar con las aguas.

RAMONA EN DÚO

I Ramona de aquí

Ramona empaca, mirando el reloj, contando cada minuto de ese ruidito odioso, de aquel aparato metálico de tripas ensortijadas, del engendro que su abuela mantiene en el comedor/salita/estar, todo aquello que cabe en esos cuatro por cuatro metros, cuatro paredes, las cuatro de la tarde, Ramona empaca, mirando el reloj.

Entra la abuela, a la misma hora de siempre, estereotipo la abuela, viejecita de pelo cano, pero corazón renegrido. No le queda de otra, ha dicho, te vas y te vas luego, eso sí. Nada de novelitas rosa, te me vas. Así es que Ramona empaca a las cuatro de la tarde en esas cuatro paredes. Ya sabe que la han vendido y que tal vez ha sido por cuatro monedas. Y tiene hambre y entiende que ese hambre, el calambre, el hambre, le irá creciendo lento y callado, hasta estallarle a rompe y rajas al otro lado del río, el Grande. El hambre, el calambre.

Ya es tiempo, ya es rato. Hace rato, dice la abuela que la mira con repulsa, con una furia callada que se descuelga como manecitas ínfimas desde la vena del cuello, y de aquellas sienes que alguna vez fueron lisas, como un desierto amplio donde no cabía el odio, el rencor por quedarse con esta nieta, Ramona, esta Ramona anclada al regazo de una abuela de corazón renegrido. Eso, un paquete esta Ramona. Una moneda de cambio. Caderas anchas, la Ramona, ni tonta ni lumbrera, la Ramona. Buenas ancas, ¿no ve? Cuatro monedas, de oro, de plata, de lata. No importa, nada más llévesela. Sí, que seguro allá encuentran a la madre, porque el padre ya muerto, ya disparado, ya tirado en la cuneta, en el basural, en el desierto detrás de la casa, entre el pueblo y la frontera, en El Paso. Por ahí ha de estar. Esta es la abuela y el lobo y la caperuza y en vez de canastas, monedas.

Ramona empaca, tic tac, tic tac, ras ras, enrolla lo poco que tiene, guarda ese crucifijo, que te salva, que te ampara. Tic tac, ras ras. Ramona empaca ante los ojos encendidos de la abuela, que ya es hora, que ya es la misma hora, que ya vienen Ramona. Y Ramona nada más parpadea, más, más lento, parece que ya no viera. Se va para adentro, a un mar muy largo y muy azul, un mar donde la niña y la pinta y la santa maría la cruzan, un barco despistado, la llegada a América, el paraíso y las cuatro de la tarde.

II Ramona de allá

Cabellos negros, ensortijados. Labios gruesos y colorados. Caderas redondas, calientes, rotundas. Ramona. La mente ágil, la palabra exacta, callada antes frente a la abuela, elocuente ahora. Ramona. Se empina en los dieciséis, al otro lado. Ramona pone atención, la han enviado para que muera, no tiene ganas. Pone atención, repite, un loro Ramona. De sus labios gruesos y colorados surge un reino inaugurado, el paraíso, el cruce, la Niña, la Pinta, la Santa María, la dejan del otro lado. A nadie importa si lo logra, pero no muere, Ramona, no tiene ganas.

Obstinada Ramona.

Ramona aprende, crea, Ramona junta sonidos nuevos. Caderas redondas, quieren casarla. Pero ella no tiene ganas. Desea seguir enlazando sílabas como cuentas de un nuevo collar, que poco a poco se arma, que día a día se arma. Un collar donde todo suena distinto, hasta lo más trivial. El matrimonio, lo más trivial. El sexo, lo más trivial. Las manos sobre sus pechos duros, lo más trivial. Ramona no quiere venderse, no tiene ganas.

Ramona quiere engalanarse con este nuevo collar, colgarse más palabras, sustantivos, verbos, hasta llegar a las oraciones, armarse un collar de veinte vueltas, veinte oraciones. Cuarenta vueltas, cuarenta oraciones. Un collar tan largo, inacabable, hilado con la lengua que habita del otro lado. Más largo que el mar que cruzó, más potente que el oleaje que no la dejaba alcanzar la orilla. Ramona aprende, mente ágil, palabra exacta. No era tonta la Ramona, sino orfebre y seguirá pasando cuentas y vocablos, seguirá amarrando nudos y cierres a la joya de su nuevo lenguaje. Se labrará una pulsera de sustantivos, una tiara de adjetivos, un cinturón de pronombres, coserá ropajes de afirmaciones, una capa púrpura de lecturas, tejerá un camino propio, donde no cabe la abuela. Un camino sólo para ella, sin monedas de oro, ni de plata, ni de lata, sin empacar en cuatro paredes a las cuatro de la tarde, ras ras, sin rosarios, ras ras, sin canastas, tic tac. Sin abuelas de corazón renegrido. Y todo esto lo hará con su lengua, con su nueva lengua, con su doble lengua y todo esto lo hará porque tiene ganas.

SOBRE LA AUTORA

Andrea Maluenda Amosson es chilena (Antofagasta, 1973), periodista y posee estudios de postgrado en Literatura Hispanoamericana y Chilena.

Es autora de las novelas *"Rictus"* (RIL Editores, 2010); *"Las Lunas de Atacama"* (Ediciones del Desierto, 2016), obra galardonada en International Latino Book Awards 2017 en la categoría Best Latino Focused Book, EE.UU.; y de la colección de relatos *"Cuentos encaderados"* (Editorial Forja, 2014), libro distinguido con el segundo lugar en International Latino Book Awards 2016, categoría Best Latino Focused Book, EE.UU. Esta obra además fue traducida al inglés y publicada en Estados Unidos bajo el título *Told from the hips* (Nowadays Orange Productions, 2015) y destacada como finalista en 2016 en X Annual Indie Excellence Awards, categoría Short Stories, EE.UU.

Andrea imparte clases de escritura creativa en español en el área de Dallas, Texas. Es casada y madre de dos hijos.

"Érase una vez Laurides" es la segunda colección de cuentos de Andrea Amosson, resultando ganadora del primer lugar en el concurso literario *Primer Premio de Creación y Escritura Pinar 2016* de la editorial Pinar Publisher en Georgia, Estados Unidos.